我在云上爱你

张小娴 著

人民文学出版社

目 录

第一章 | 遇见了大熊　　　　　0 0 1

第二章 | 三天之约　　　　　0 9 9

第三章 | 落翅的小鸟　　　　1 4 5

第四章 | 除夕之约　　　　　2 0 3

第五章 | 我在云上爱你　　　2 2 5

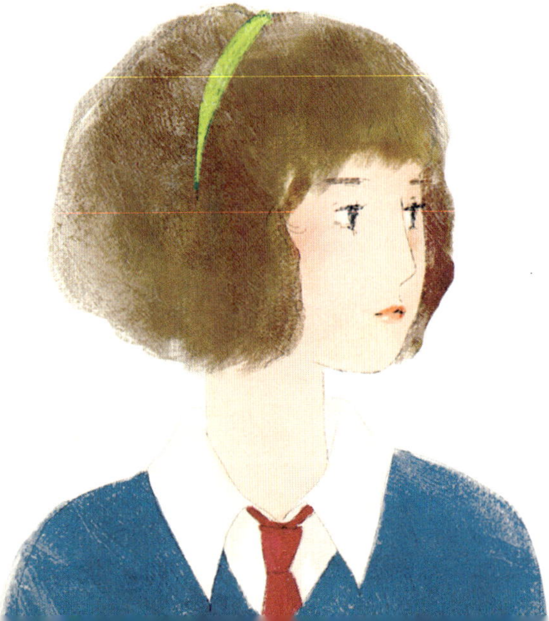

第 一 章 ｜ 遇 见 了 大 熊

1

十六岁那年的夏天，我正处于小小的反叛期，跟妈妈用字条来沟通已经快一个月了。她上班前把"今天不回来吃饭，自己去吃。"的字条和饭钱留在餐桌上给我。我睡觉前留下"明天要买参考书，给我钱。"的字条。我们以前也试过怄气，不跟对方说话，只用字条来沟通，这种情况有时会持续好几天，印象中好像从来没超过一星期。

十九岁就把我生下来的妈妈是一家化妆品店的店长，虽然算不上美人儿，但是，只要扫上淡淡的妆，便会马上亮丽起来。她有一双黑亮的眼珠和一把及肩的直发，皮肤白皙，看上去比实际年龄年轻好几岁。她虽然娇小，但该长肉的地方都长肉。她老爱揶揄我说：

"这方面你好像没得到我的遗传呢。"

客人们都羡慕她的好身材，经她推荐的美胸膏不计其数，她自己却从来不用。她下班回到家里，是另一个样子。在家里，她来来去去都穿那几套睡衣，胸前经常留着洗不掉的食物渍。她头发不梳，用一个大发夹把头顶的头发夹着，免得头发遮着眼睛。

虽然在化妆品店工作，她一点都不爱美，心血来潮才会敷一张面膜，有时连脸都不洗便溜上床睡觉，跟很卖力工作的那个她完全不一样。

放假在家的话，她简直就像一只懒惰的大猫，成天霸占着那张浅绿色的宽沙发，瘫在上面边看电视边吃东西，或者睡着流口水。要是我不幸也在家里的话，这时候的她最爱差遣我做这做那。

"维妮，我想吃冰淇淋，你帮我去冰箱拿！"

"维妮，好像有点冷，帮我拿一条毯子来！"

"维妮，我想看影碟，你去租好吗？"

"这个节目很闷，维妮，你帮我转台！"

"不是有遥控器的吗？"我抗议。

"不知道放哪里去了！"

她不太会做妈妈，每隔几个月才会良心发现下厨煮一顿非常难吃的菜。我上小三那年，班上大部分同学都带饭。那一年，她刚刚跟爸爸离婚，一个人带着我。因为担心我自卑，她每天都到餐厅买现成美味的饭菜，然后换到一个餐盒里给我带回去学校，看起来就像是家里做的。因此，午饭的时候，我的饭菜是班上最香的，也是班上最好吃的，那些吃厌了妈妈的饭菜的同学都看着我的午餐流口水，我也乐于跟他们交换。结果，我反而天天吃到家常饭。

我和妈妈平日爱光顾公寓附近的一家上海小吃店，老板是一对夫妇，门口铁板上有美味的饺子煎烤着。妈妈常常送老板娘一些护肤品的免费样本，所以，老板娘对我们很好，会做些特别的菜给我们吃。要是吃厌了上海菜，附近还有几家小吃店，一家外卖披萨店和面包店，常常传来烘焙的香气。

我们住的两房小公寓是妈妈离婚时分到的财产。这幢淡粉红色的水泥房子一共五层楼，门口有几级台阶。我们住在三楼。我打从出生开始就住在这儿，对街那棵夹竹桃从前只有一层楼高，后来已经跟我们这一层楼平头，长出了许多横枝。

公寓附近有个小公园，种了许多花。公园里有一个顶端冒泡的圆形麻石小喷泉和一排绿色秋千。我小时候曾经从秋千上掉下来，像体操运动员似的做出一个三百六十度转体的筋斗，吃了满口泥沙，把我妈妈吓得半死。那时候，妈妈爱在公园对街的租书店租一本小说，靠在公园的长板凳上读着，由得我跟其他小孩子玩。她是小说迷，爱读那些白日梦爱情小说，直到三十多岁，口味还是没改变。

那家租书店是"手套小姐"开的。"手套小姐"的手套不戴在手上。她看上去年纪比我妈妈大一点，长年梳着一个肩上刘海的短发，老是穿黑色的衣服。冬天的时候，她爱把一双手套别在头上当作头饰。她那些手套什么颜色都有：红的、绿的、紫的，软软地趴在头上。

"手套小姐"平时很少说话，若不是坐在柜台看书，便是躲在柜台后面的一个房间里不知道忙些什么。她的店是从来不休息的，书种多，常常有新书。我爱到那儿租漫画书。店里养了一只长毛的雌性大白猫，它老爱趴在书堆里睡懒觉，不时在书封面上打上一个个梅花形掌印。它仿佛有掉不完的毛，弄得那些书上常常黏着它的毛，我和妈妈私底下把书店唤作"猫毛书店"，顺便替那只猫起了个名字叫"白发魔女"。

2

那年夏天,我和妈妈接近一个月的冷战,也是由一本从"猫毛书店"租回来的书开始的。那天晚上,我在自己房间里做着那些该死的暑期作业。我是数学白痴,每次数学测验都想逃学算了。我真的不明白,一个人要是不打算成为数学老师或是数学家,那么,除了加减乘除之外,还有必要懂那么多吗?

比如这一题:

一个年轻的马戏班班主带着六十头海狗,准备坐船渡河。船家是个聪明漂亮的女生。她告诉班主,她收取的渡河费用,是渡河的海狗数目的一半。那么,这个马戏班班主该带几头海狗上船?又该留下几头海狗给船家当作报酬?

既然是海狗,不是都可以自己游过去吗?为什么还要坐船?船家漂不漂亮,是男是女,又有什么关系?

就在这时,本来在隔壁房间的妈妈拿着一本书,走到我的房间,倚着门扉,眼睛湿湿地跟我说:"维妮!这本书的结局很感动!女主角患了血癌,快要死了。男主角偏偏在这个时候患上一种罕有的失忆症,这种病会一天一天把过去忘掉。女主角死的时候,他已经不记得她是谁了……"

"我不觉得感动,好白痴!"我打断她。

她停了一下没说话,我低头痛苦地思考着到底该把几头海狗丢到船上去。所以,我并没有看到她脸上的表情。突然之间,她的语气变了,讪讪地说:

"你一向也觉得郑和比我聪明。"

郑和不是明朝太监,而是我爸爸的名字。他原本叫郑维和,朋友都叫他郑和。每当妈妈生气的时候,她喜欢连名带姓叫他。即使在他们离婚后,这个习惯也没有改变。

"我当然要嫁一个比我聪明的男人。"她说。

我懒得解释我说的白痴不是指她,而是那本书的结局,还有那道海狗题。然而,"白痴"这两字刺痛了她。我爸爸后来那位女朋友本来是他的初恋情人,当年,她因为要到外国留学而跟我爸爸分手。我爸爸结婚之后,她从外国回来了。这对初恋情人一直到几年后才遇上,很快就爱火重燃。那个女的据说是个聪明、独立又有本事的事业女性。我妈妈很介意这一点。我妈妈只是个中学毕业生。

"你看你!"妈妈指着我,语气变得有点尖酸,问我说,"你什么时候把头发弄成这个样子？"

我的头发已经做了好几天，只是她一直没说什么。那时我很迷徐璐。徐璐是当时很红的歌手，除了唱歌好听，还是潮流指标。她很会穿衣服，前卫得来又有品位。那阵子，她刚刚把一头短发烫曲和染黑，每一根头发都像小鬈毛似的，刻意造成蓬松和干巴巴的效果，非常好看。我到理发店要求烫那种发型。我没拿着徐璐在杂志上的照片指给我的理发师看，那样委实太尴尬了。我只是尽力描述那种曲发。结果，不知道是我词不达意，还是他理解力有问题，我的"徐璐头"像一包菜干。

"你看起来像释迦牟尼！"我妈妈愈说愈尖酸。她吵起架来一向很没体育精神，我们明明是因为那本书而吵架，她最后总会拉扯到其他问题上。

"你又没见过释迦牟尼。"我回嘴。

"我见到他会问他！"

"他头发没那么长。"

"你该好好读书，干吗跑去弄个释迦头？"

"我刚刚在做功课，是你过来骚扰我。"

"你还涂手指甲呢！"她瞄了瞄我，一副看不顺眼的样子。

那也是徐璐带领的潮流。她喜欢把手指甲剪得短短的，每片指甲随便扫一抹颜色，看上去就像原本的指甲油脱了色似的。

我咬咬手指头，没好气地说：

"这又不影响我做功课。"

除了数学之外，我读书的成绩一向不错，这方面，她是没法挑剔我的。

她好像一时想不到说些什么，悻悻然回自己房间去。到了第二天，她把我当作隐形人似的，并且开始用字条跟我说话，显然是为了报复"白痴"这两个字。

我们用字条来沟通，也可以一起生活，我们或许根本就不需要跟对方说话。除了偶然觉得寂寞之外，我蛮喜欢用字条代替说话，至少她没法用字条来跟我吵架。

利用字条过日子是没问题的，但是，一些比较亲密的事情就没法靠字条了。留下一张"我的胸罩扣子坏了，帮我买一个新的。"这种字条，便是太亲密了，有点求和或是投降的意味，我绝对不会写。我的胸罩一向是妈妈帮我买的。因为不肯向她低头，结果，有好几天，我只好戴着一个还没干透的胸罩上学，一整天都觉得胸口痒痒的。这种东西又不能跟人家借。

直到一天早上，妈妈放假在家。我在浴室里刷牙，她经过浴室门口时，小伸了一个懒腰，若无其事地跟我说："出去吃饭吧。"

原来她刚刚申请了某家饭店的折扣卡，两个人吃饭只需要付一个人的钱，要是不带我去，等于白便宜了那家饭店。

我们的冷战在当天吃自助餐的时候结束了。她像拧开水龙头似的不停跟我说话。那一刻，天知道我有多怀念互相传字条的日子。

"我要买胸罩。"我说。

"待会儿一起去买。"她快活地说，啜了一口西瓜汁，又问我，"是三十二Ａ吧！"

"哪有这么小？"我抗议。

她开朗地笑，望着我的头发说："这是徐璐头吧？我也想弄一个。"

我用力摇头。我才不要跟她看来像一双姊妹花。我讨厌跟人家一样。

3

我的名字叫郑维妮,是从我爸爸和妈妈的名字中各取一个字组成的。那时候他们很恩爱。听说父母感情最好的时候生下来的孩子也比较聪明。我不知道我会不会特别聪明。十六岁的我,既孤芳自赏也缺乏自信,成天做着白日梦。因为是独生儿的缘故,我习惯了一个人,却又渴望朋友。小时候,我希望自己是个无父无母的孤儿,住在一幢孤儿院里,有一大群朋友陪我玩,过着寄宿生似的快乐生活。长大了一点之后,我的想法改变了,我希望自己是个富有的孤儿,比方说:我妈妈是富甲一方的希腊女船王,死后留下一大笔遗产给我。等我到了十八岁,喜欢怎么花那笔钱就怎么花。拿到遗产之后,我首先会去环游世界。

我睡房的墙上贴着一张彩色的世界地图,有四张电影海报那么大。这张地图有个来历,是我心中的一个秘密,也许有一天,我会把这个秘密告诉某个人,但不会是在十六岁的时候。

总之,这是一张特别的地图,国与国的边界没有传统的黑色

硬线，而是化开了的水彩。海洋里有鲨鱼、鲸鱼、海龟和螃蟹，某个山洞里有一个藏宝箱。荷兰的标记是风车、日本是樱花、维也纳是小提琴、奥地利是一颗古董水晶、布拉格是一块油画板、法国是一瓶香水、意大利靴子的顶端是一小块奶酪、澳洲是树熊、中国是大熊猫、西班牙是一头傻乎乎的斗牛、瑞士是一片巧克力、希腊是一幢圆顶小白屋。

我十六岁的时候，是一九九八年，那一年，到日本里原宿旅行就像朝圣一样，我也渴望着有一天能够跑到那儿去。我已经决定，毕业后先当五年的空服员，那就可以到处飞，还能够拿到便宜的机票。五年后，再想其他的事情也不迟。

为了储钱将来去旅行，每个星期天和假期，我在一家日式奶酪蛋糕店打工。我很快就发现，依靠那份微薄的时薪，我大概只能用脚走路去旅行。

跟我一块儿在店里打工的一个女孩叫阿瑛。阿瑛跟我同年，是个孤儿，但她从来没住过孤儿院，而是像游牧民族般，轮流在亲戚家里居住。她并不是富有的孤儿，得一边读书一边打工赚钱。

一天晚上，蛋糕店打烊之后，我和阿瑛拖着两大袋卖剩的蛋糕到垃圾站去，阿瑛一边走一边告诉我说：

"我常常幻想，十八岁生日的那天，突然有一个神秘人出现，通知我，有一大笔遗产要我继承。原来，我是一个富翁的私生女。这个神秘人受我死去的爸爸所托，十八年来一直千方百计寻找我，但因为我常常搬家，所以他找不到我。"

"是真的就好了。"我说，又问她："有了钱之后，你打算用来做什么？"

"我没想过啊。"她转过头来问我，"要是你有钱呢？"

"环游世界！"我说。

"要是我拿到遗产，我请你去。"她大方地说。

"好啊！"我把那袋蛋糕丢到垃圾桶里去。

"我或者会先盖一幢豪华的孤儿院。"回去蛋糕店的路上，阿瑛说。

"我妈妈念书时曾经到孤儿院当过一个月的义工，读故事书给那些小孩子听。她说，那些男孩和女孩都长得很漂亮。"我说。

"对啊！那里的孩子通常都是漂亮的无知少女跟帅气的叛逆少年生下来的，然后就不要了。"阿瑛说。

阿瑛长得满好看，有一双虽然有点冷漠和固执，却很漂亮的凤眼，还有跟这双冷眼不搭调的大而完美的胸部。我没问阿瑛，她父母是否就是帅气的叛逆少年和美丽的无知少女，而不是某个富翁和他的情人。

"我会把院里的孤儿训练成一流的神偷。"阿瑛说。

"为什么是神偷?"我问她。

"孤儿跟神偷是一对的啊!好浪漫!"中了很深电影毒的阿瑛说。

现实中的美丽孤儿阿瑛并没有爱上神偷。阿瑛的男朋友小毕比她大三个月,是她的小学同学。后来,他进了美专念设计。我没见过小毕,阿瑛说他是猫头鹰转世,晚上不爱睡觉。

"不过,他画画真的漂亮。"她说。阿瑛偶尔会跟我谈起小毕。

除了小毕,她有时也告诉我大熊的故事。大熊是她和小毕的小学同学。

"小学六年级的时候,我们参加学校的旅行。那天,大伙儿走在田边的马路上,小毕和大熊走在最前面。突然之间,不知从哪里蹦出来一头黄牛,追着当时身上搭着一件鲜红色外套的小毕,小毕拼命逃跑,就在危急关头,大熊他竟然抢了小毕身上那件红色外套绑在自己身上,那头疯牛马上转过来追他。"有一天,阿瑛告诉我。

"哇——"我觉得这么傻气的男生真是世间罕有。

"后来怎样?那头疯牛有没有追到他?"我问阿瑛。

阿瑛摇摇头说:"大熊是我们学校的飞毛腿!他是运动会一百米和两百米短跑冠军呢。他的腿特别长。只有七个月大的时候，他爸爸妈妈已经带他参加第五届'省港杯婴儿爬行比赛'。那天，钟声一响，他便第一个扑出来，把其他对手抛得老远，结果拿了第一名。"

"你是说第五届？"我抓住阿瑛的胳膊。

"好像是第五届。什么事？"她问我。

"没事没事。"我说。

"他还破了前四届的纪录，当年有一份报纸在第二天的新闻报道中封了他做'省港奇婴'！"

"大熊一定是个很可爱的男生吧！"我笑了，又问阿瑛，"小毕也是这样吗？"

"小毕从来都不是一个开朗活泼的人。"

"那你和小毕是什么时候开始的！"

"就是那趟旅行之后啊。"

"为什么会是小毕？不是大熊比较勇敢吗？"

"可是小毕长得比较帅啊！而且，他好像很需要照顾的样子。"

"大熊长得很难看吗？"

"当然不是。"阿瑛皱了皱眉说，"那就好比说，我喜欢吃蛋糕，但他是饼干。"

停了一下，她若有所思地说："大熊也许喜欢过我。"

4

一个星期天,奶酪蛋糕店外面正排着弯弯曲曲看不见尽头的一条人龙,我和阿瑛在店里忙得团团转,她告诉我说:"大熊给学校开除了。"

"为什么?"我一边把一个绿茶奶酪蛋糕塞进纸袋里给客人一边问。

"听说他有天夜晚跟一个同学回去学校教员室偷试题,给一个男教师碰个正着,当场把他逮住,另外那个人逃脱了。"

"偷试题?"每次数学测验之前把试题偷出来看,一直是我的梦想,因此,当听到大熊偷试题的英雄事迹,我很好奇。

"他好像不是偷给自己,而是偷给另一个人的,因为大熊偷的是数学试题。他数学成绩一向很好,以前考试也不像是事前知道试题。"

"就是这样,所以给开除了吗?"

"学校本来是要报案的,不过,后来因为数学老师替他求情,所以只是把他开除,而且——"阿瑛露出一个歪斜的笑容。

"而且什么?"

"大熊回去偷试题的那天晚上,在黑蒙蒙的教员室里撞见那个男教师跟一个女教师,他们好像正在做一些暧昧的事情,那个男教师脸上还有一个口红印呢。校长为免传出丑闻,才没把事情闹大。"

"一定要开除吗?"我问阿瑛。

"不知道为什么,那个校长似乎很讨厌大熊。"

"还有一年就要会考了,大熊怎么办?"我有点替他担心。

"听小毕说,大熊到现在还没找到学校。原本,只要肯供出当晚逃脱的那个人,他是可以留下来的。校长给了他三个礼拜考虑,但他始终不肯说。"

"那个人会不会是他女朋友,所以他不肯供出来?"我和阿瑛合力把一盘刚刚烤好的奶酪蛋糕搬出去。

"大熊念的是男校,除非他是同性恋。"阿瑛说。

那天下班之后,我和阿瑛都累瘫了,分手时什么也没说。回家的路上,我戴着耳机听徐璐的新歌《我的男友喜欢男》。听了大熊的那些故事,我想,他要不是同性恋,便是义薄云天的大侠了。

5

八月底,暑假结束了,我升上中学四年级。因为整个暑假都习惯了十点钟之后才懒洋洋地起床,所以,开学的第一天,当我从床上醒来,闹钟早在半小时前已经响过了。我慌忙踢开被子,跳起来梳洗,并且以比消防员救火还要快的速度罩上白衬衫和浅蓝色的校裙,带着背包冲到街上。

当我回到学校,离第一节课只剩下不到七分钟的时间。我匆匆跑到走廊的报告板前看看编班表。我的名字出现在中四B班的名单上。我抬起头,看到芝仪在老远的上面朝我大大地挥手。一、二、三、四、五、六、七!我在心中逐层楼数着,课室在七楼。我几乎昏了过去。

我喘着气爬上楼梯,终于看到芝仪。

"我们又同班了!"我高兴地朝她笑笑。

"快点进去吧!"她催促我。

我走进课室,大家都已经选好了座位,芝仪坐在第二排,旁边已经有人了。我长得比她高,除了中一那年之外,从没机会跟她一块坐。于是,我坐到第一行最后一排。我喜欢坐在后排,离老师远一点,感觉上比较自由。

我坐下来,把书包放在桌子底下。刚刚名单上有三十八个号码,课室里的座位每一行都是排双的,我却落单了。我旁边的座位空着,应该还有一个人没来。

是谁比我还要迟?我莫名其妙地想到大熊。他已经找到学校了吗?会不会就是我的学校。

我一直望着门口。这时,第一节课的钟声响起,与钟声同步走进来一个男生,潇潇洒洒、不急不缓地在我身边落座。这时候,班上几乎所有人都同时朝我这边看,芝仪张大眼睛,跟我交换了一个惊叹的神色。

坐在我旁边的是小胖子刘星一。中一的时候,我们曾经同班。他胖得一串下巴叠起来,每次上体育课也会弄得满头大汗,走起路来两条大腿和两边脸颊噼啪噼啪地响,像交响曲似的。中三暑假前的一天,我在化学实验室见过他,他比从前更胖,眼睛湿湿,头发也湿湿的,孤零零地躲在那儿。我悄悄替他开了空调,然后把门关上。

谁也没想到,过了一个暑假,他竟然告别了相扑手的身材,身上的肥肉全都不见了,而且像踩了高跷一样,一下子长高了许多。他皮肤白皙，五官本来就不难看，是个很可爱的小胖子。减掉十几公斤之后，只剩一个下巴，连轮廓都漂亮起来，怎么看都是个帅气的男生。

"你是刘星一？"我震惊得半张着嘴巴问他。

他朝我点点头。从前那个眼神有点落寞和自卑的小胖子已经一去无踪。星一的笑容竟然带着些许不羁。

6

"你看到吗？他整个暑假都吃些什么？"小息的时候我和芝仪挨在七楼走廊的栏杆上，她在我耳边说个不停。

可是，我没心情聊天。我心里难过死了。开学之前，我一直祈祷千万别让"小矮人"当我的班主任。谁知道，当我仍然处于刘星一的纤体震撼中，一个更大的震撼把我整个人击倒了——"小矮人"走进课室来。虽然他长得不比我们的书桌高很多，但我还是看到矮矮胖胖像树墩的他缓缓横过第一排桌子，然后突然从第三行和第四行的通道之间冒出来，脸上带着一个"我一整天都觉得很不耐烦！"和"我不觉得人生很有趣！"的表情，向我们宣布，他是我们这一年的班主任。

"小矮人"人如其名，真实名字已经没有人提起了。他是数学老师，中三的时候教过我。凭我的数学成绩，他自然不会对我有什么好印象。

中文老师、英文老师，或是体育老师们，通常都会有自己偏

爱的学生。但是,数学老师这种生物,好像是没感情的。小矮人也不例外,他没有特别喜欢谁,他也没有仰慕者,不会有学生小息或放学之后缠着他聊天。学校举行圣诞庆祝会的时候,学生们会起哄要老师一起玩游戏,但从来没有学生敢邀请小矮人。没有人知道看上去快四十岁的小矮人结婚了没有,不过,大家都非常肯定白雪公主不会爱上他就是了。

那个星期结束的时候,我们已经知道哪一位老师负责哪一科。教中文的是"薰衣草"。他约莫三十岁。男老师之中,以他最会穿衣服。他很讲究,绝对不会连续两天穿同一套衣服。即使是夏天,他身上也一定有外套。他说,没穿外套就好像没穿衣服。他好喜欢紫色,身上几乎总有紫色,眼镜框也是浅紫色的,所以我们都叫他"薰衣草"。他看上去有点苍白和单薄。虽然脸上常常挂着微笑,但是,他的身影似乎总是带着一点点忧郁。

教英文的是前一年已经教过我们的"盗墓者罗拉",又简称

"盗墓者"。她的英文名字叫Lara。一九九八年的时候,那个"盗墓者罗拉"的网上游戏风行一时,游戏中的性感女角刚好也叫Lara,所以,我们都开始在背后叫她"盗墓者"。"盗墓者"并没有像游戏中的罗拉穿得那么少。她看上去有三十几岁,戴着玻璃瓶底厚的眼镜,脾气有点古怪,一时很热情,一时很冷淡。心情好的时候,她会请我们吃巧克力和饼干,她甚至容许我们一边上课一边吃。她书教得很好,有学问,又勤力,经常是最后一个离开学校的。芝仪喜欢她,甚至有点崇拜她。芝仪的英文很好,"盗墓者"因此对她另眼相看,常常分给她最多的巧克力,又喜欢叫她回答问题。

芝仪是我在学校里最好的朋友。她的右脚比左脚短了一些,走路有点微跛,要是不很留心看,根本看不出来。身体不太好的她有一张苍白的脸和一双漂亮的杏眼,唱歌好听,钢琴弹得很棒,是学校合唱团的女高音。谁都会以为她就像外表看起来那么文静,只有跟我一起的时候,她才会说很多话。她跟我一样喜欢徐璐。她比我更疯狂,家里全是徐璐的海报。我们看过徐璐每一场演唱会,但是,我们没参加歌迷会,也没试过去等徐璐。

"隔了一点距离的爱比较完美。"芝仪常常引述徐璐这句名言说。

7

星期天,我到奶酪蛋糕店打工。阿瑛跟我一样,升上中学四年级。我告诉她星一的事。

"他到底用什么方法减肥?"阿瑛好奇地问。

"我没问他。他不大跟我说话。当时只有我旁边的座位空着,他好像是没选择才跟我坐似的。"我说。

就在这时,我发现一只穿皮鞋的大脚掌出现在排队买蛋糕的人龙中。那只大脚掌从队伍中叉开来踩在地上,不小心露出两吋高的鞋跟。

"是小矮人!"我连忙蹲下去,躲在柜台后面,拉着阿瑛的衣袖低声惨叫。

"就是你说的那个班主任?他这么矮你也看到?"她踮起脚尖想看看谁是我经常挂在嘴边的小矮人。

"我看到他的高跟鞋。"我小声说。

"喔,我看到了。"阿瑛说。

我缩在阿瑛脚边。

"一个奶酪蛋糕。"过了一会,我听到小矮人的声音在柜台外面响起。

"他走了。"阿瑛拍拍我的胳膊说。

我站起来,吐了一口气,看到小矮人一转身就迫不及待打开蛋糕盒,撕了一大片蛋糕往嘴里塞,吃得有滋有味的样子,好像已经饿了很久。

"我一定不可以让他知道我在这里打工。"我说。

"为什么?你们学校不准学生做兼职的吗?"阿瑛问我。

我看着小矮人吃蛋糕的背影说:"要是他怀疑我看到他这个模样,他一定不会给我好日子过!"

"他很可怜呢。长得这么矮,小时候一定常常给同学欺负。"阿瑛说。

在阿瑛眼中,似乎每个男生都像孤儿那么可怜。

"大熊找到学校没有?"我问她。

"好像还没消息。"她说。

"那怎么办?都开学了。"我说。

隔了一个星期,我和阿瑛又在蛋糕店见面。

"原来大熊进了你们学校。"她告诉我。

"哪一班?"我惊讶地问。

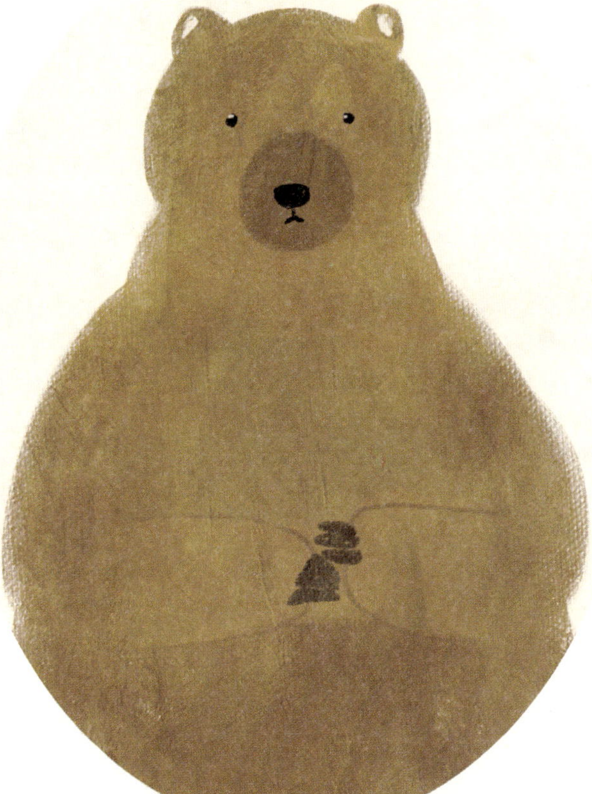

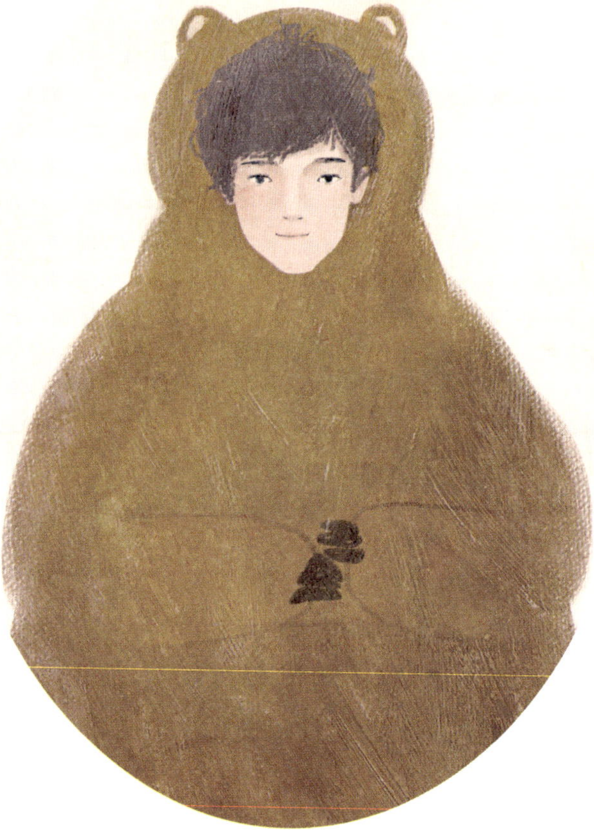

"跟你一样是中四,我不知道是哪一班。你们这几天有没有新来的插班生?"

"大熊的名字是?"我吓得闭上眼睛。

"熊大平。"

"噢!真的是他!"我惨叫。

"你见到他了吗?"

"你说的大熊,不是像熊人那样又高又壮的吗?"

"'大熊'是他的花名啊!我已经两年没见过他了,不知道他长得高不高壮不壮。他不矮就是了,我不晓得他有没有继续长高。"

"他有长高。"我说。

"到底是怎么回事?"阿瑛问。

"我不喜欢他的头发。"我说。

事情是这样的,星期一那天,来上第一节课的小矮人后面跟着一个比他高出一个头的男生。

"你就坐在另一个菜干头后面吧。"小矮人指着我说。

班上的人全都笑了起来,那个肩上甩着一个重甸甸的背包、长得瘦瘦高高的男生一脸尴尬地走到我和星一后面的空位坐下来。他竟然跟我一样,烫了个"徐璐头",害我成为笑柄。

"什么男生会去烫发嘛!"小息的时候,我跟芝仪在洗手间里说。

"可能他也是徐璐的歌迷吧。"芝仪说。

"我要去把头发拉直。"我望着洗手间里的镜子说。

"他烫头发?那真奇怪,他向来都不修边幅,也不爱美,怎么说都不像那种会去烫头发的男生,还烫成那个样子,一定有原因吧!"阿瑛露出难以置信的表情。

"怎么那个样子嘛?"我摸摸头发,噘着嘴说。

我亲眼见到的大熊,跟我从阿瑛那儿听来的英雄事迹,好像怎样也拉不上关系。那几天,我很少转过头去看他,因为看到他就好像看到我自己。连芝仪都说,要不是我穿裙子,她会把我们两个弄错。

8

坐在我后面的大熊很静，静得好像不存在似的。他从来不发问，在班上是个不起眼的人。我有时会从肩头偷偷瞄他，看看他是不是睡着了，他有好几次真的是托着头睡觉，另外几次是在偷偷看书，陶醉的样子不像是在看课堂上的书。已经是中四生了，字却写得歪歪斜斜，像个小五生似的。他懒得不像话，几乎从来不交功课。当我们要把功课传到前面的时候，他只会不好意思地耸耸肩。这时，星一会替他隐瞒。他们不知道是什么时候成为朋友的，两个人小息的时候常常走在一起。上课时坐在他们旁边和前面的我，好像是多余的。那个年纪的男生，是不是都瞧不起女生？

不做功课的大熊，数学却很厉害。派回来的数学测验卷，由第一排传上来，我每次也会看到他的分数。他每次都拿一百分。小矮人有时会叫他出去黑板做数学题，他静静地做完，做得比谁都快，我看到小矮人脸上罕有地露出惊讶的神色。阿瑛说他偷数学试题不是为自己,看来是真的。不过,其他的科目,他便很勉强了,好多次因为不交功课而受罚,还是死性不改。他甚至连盗墓者的功课都竟然有胆子不交。

有一天,我们正在上盗墓者的课,盗墓者那天的心情特别好,请我们吃巧克力饼干。突然之间,后面有人用手指戳了我一下。我转过头去,是大熊他用手指戳我,他嘴边还粘着饼干碎屑。

"是不是你掉在地上的!"他把我的一张学生照片还给我。那张照片可能是我拿东西时不小心从书包里掉出来的。

"谢谢你。"

"你的照片……可以给我吗?"他羞羞怯怯地说。

我呆了半晌。这时,盗墓者正瞅着我,我慌忙给了大熊那张照片,把他打发掉。

9

"大熊跟我要了一张照片呢。"在麦当劳吃午饭的时候,我告诉芝仪。

"什么照片?"

"学生照片。他在地上拾到的。"

"他要来干吗?"芝仪瞪大眼睛。

"我不知道。要不是盗墓者刚刚看过来,我才不会给他。"

"他会不会想追你?"芝仪咬着汉堡包问。

"不会吧?"我摸摸头发说。我本来要把头发拉直,但是,听说烫过不久的头发勉强拉直,只会又干又难看,到时候便真的像菜干了。我只好每天努力梳出另一个发型,尽量不要跟大熊相似。这全都是因为大熊。我每天早上对着镜子梳头的时候,不知道有多么恨他。

"你看看是谁?"芝仪突然很紧张地抓住我的手。

一个高挑的身影推开玻璃门缓缓走进来,我和芝仪都呆住了。我们没想到会在麦当劳见到徐璐。她一张素脸,顶着一头曲发,身上穿着小背心和一条破破烂烂的牛仔裤,很随便,却很有性格。

"没想到她也吃麦当劳呢。"芝仪兴奋地说。

徐璐跟一个同样穿破烂牛仔裤的漂亮男生一起,两个人很亲昵地在柜台前面排队。徐璐一只手勾住那个男生的裤腰,淘气地把他摇来摇去,然后又甜甜地把头靠在他肩上。

他们买了汉堡包和薯条。许多人停下来看着他们,也许,大家对她的出现太震惊了,没来得及找她签名,只能巴巴地看着她一边潇洒地吃着薯条一边走出去,上了一辆在外面等着的车。

"那个男的是她新男友吧?看上去很花心呢。"芝仪说。

刚刚徐璐进来的时候,我不知道有多害怕她看到我的头发。我就像个拙劣的模仿者或是一个没思想的歌迷,太令人难堪了。要是大熊也在,凭他那个和我一样的头,就可以把我的难堪分担一半。

10

自从大熊问我要了照片之后,第二天在课室里见到他时,那种感觉怪尴尬的。他就坐在我后面,说不定上课时一直盯着我的后脑勺,我却看不到他。他依然很静,并没有任何进一步的行动。接下来那几天的小息,他都跟星一和几个男生在操场上打篮球。减肥成功的星一成了学校里的神话,也为所有痴肥少女燃点了做人的希望。即使是一点都不胖的薰衣草,有天上课时也忍不住问星一:

"刘星一,你上哪一间纤体中心?"

"没有啊,就只是运动和节食。"星一淡淡然的答案,听起来就像那些很有性格的漂亮女明星。

由青蛙摇身一变成为王子的星一,很受女生欢迎。他在操场上打篮球的时候,每一层楼都有女生靠在栏杆上替他打气、悄悄议论他。外形改变了的星一,人也好像一夜之间长大了。大熊却还是像个孩子,站着时从来不会挺直腰板,老是有点歪歪斜斜,好像准备随时再睡上一觉，每天穿的白衬衫要不是皱巴巴，便是从裤腰里跑了出来，吃过的东西一定留点碎屑或是污渍在脸上和身上。他的书包重得像石头，甩在桌上时会发出巨响，也许是因为从来没清理过。他有一双大脚，那双鞋子大得可以用来养一窝小鸡，松脱的鞋带从来不会去绑。他打球时一头乱发荡着汗水，粗粗鲁鲁地拍着球穿来穿去，有时还会露出一双多毛的腿，投篮的时候并不会像星一那样自觉地摆出一个潇洒的姿势。在星一身边，他是那么不起眼。

那便是真正的大熊吗？那个为了拯救朋友而冒险把一头疯牛引开的大熊，不会那么简单。

11

芝仪一连病了几天,连数学测验那天都没法回来,我真羡慕她。除了她,我在学校里并没有其他谈得来的朋友。没有她,我也懒得一个人出去吃饭。那天午饭的时候,我索性留在座位上一边吃酥皮肉松面包一边温习下午的数学测验。

我双手支着头,苦恼地望着那些几何。这时,背后有人用手指戳了我一下。我转过头去,是大熊。本来趴着睡的他,好像刚刚醒来的样子,望着我手上的面包说:

"好饿,可以分一点给我吗?"

"我有多一个。"我分给他另一个酥皮肉松面包,我本来打算留待小息时吃的。

"谢谢你。"他很不好意思地吃了起来,吃得满嘴都是面包屑。

"这一题,你会做吗?"我拿起那本数学补充练习,读给他听,"有位飞行员往正南方飞一百公里,然后往东飞了一百公里,再往北飞了一百公里,结果发现他又回到了起点。请问他是从哪儿起飞的？"

"北极。"大熊想也不用想就说。

"为什么？"我不明白。

他咬着面包，在书桌底下的抽屉里找到一张皱巴巴的白纸，在上面画了这幅图：

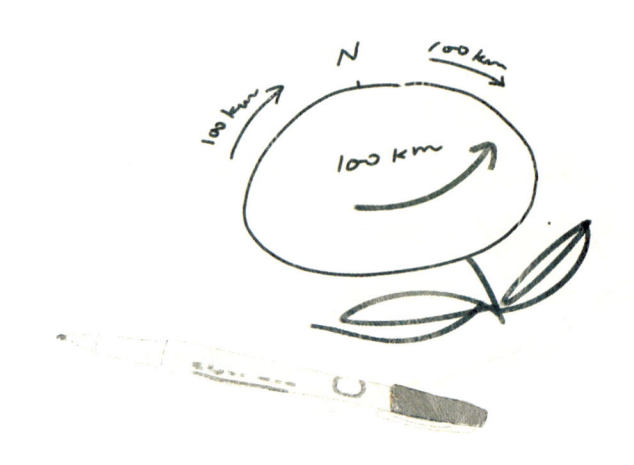

"为什么是北极！"

"这只是个取巧的问题。因为地球是椭圆形的，北极在地球的顶端，围绕着这个中心点飞行，不管怎样，最后还是会回到起点。"

我似懂非懂地看着他画的那张图。

"还可以有另外两个起点。"他咬了一口面包说。

"是吗？"

"算了吧。"他手支着头说，"小矮人不会出这一题的，那牵涉到地球仪上的曲线，说出来你也不会明白。"

"你怎知道我不明白？"我不服气地问。

"你连第一个答案都不知道。"他懒洋洋地说。

我噘着嘴，瞪了他一眼。

"面包多少钱？"他突然问我。

"算了吧。"我说。

"多少钱？"他很坚持。

我竖起三根指头。

他从口袋里掏出三块钱给我，闪着眼睛说：

"很好吃，明天可以帮我买一个吗？"

我瞥了瞥他，不知好气还是好笑。这个人，真是拿他没办法。

"待会测验，你抄我的吧。"他头往后靠，伸了个懒腰说。

"千万不要！"我警告他，"小矮人可是出了名辣手无情的，要是给他逮到，你又会给赶出校。"

他微微怔了一下，奇怪我为什么会知道他给学校开除的事，我连忙转过头去，假装继续温习。虽然没领情，我心里可是有点感激他。

下午的数学测验正如大熊说的，果然没有出飞行员那一题。六道题目中，我仅仅会做其中两道，余下来的都是胡乱写的。当大熊把他那份测验卷传上来时，我几经挣扎才没有抄他的。

然而，那一节课结束的时候，小矮人却突然望着我们两个，阴沉沉地说：

"熊大平、郑维妮，你们出来。"

难道小矮人连我偷偷瞄了一眼大熊的试卷也发现了？我站起身，有点担心地走出去，大熊跟在我后面。

"你们两个，哪一个可以给我解释一下？"小矮人拿起一本学生手册，翻到第一页朝班上的同学举起来。那是大熊的手册，上面贴着他的照片。不，等一下……那不是大熊的照片，是大熊把自己的头剪贴到别人的照片上，当成是自己的，剪贴的技术很拙劣，他的头发还是直的。

小矮人瞪了我们两个一眼，然后把大熊的头从那张照片上撕下来，底下竟然是我的照片。大熊拿了我的照片，原来是这个用途。那天，小矮人催促我们交手册，他自己没带照片，所以，无意中在地上拾到我的照片时灵机一触，把自己一张旧照片的头剪下来，贴到我头上。男生和女生的校服，上半身是一样的白衬衫，只有下半身不同。真亏他想得出来。

"你的照片呢？"小矮人问大熊。

"还没去拍。"大熊有点带窘地回答说。

"所以就随便找张旧照片贴到郑维妮的照片上顶替吧？反正

两个人上半身一样。这是人皮面具还是贴纸相？你们两个很会搞笑呢。"小矮人嘲讽地说，脸上却一径挂着一个"你以为我真的觉得很好笑吗？你看不出我在说反话吗？"的表情。

班上的同学这时全都笑得前摇后晃，连作为受害人的我，也忍不住笑了出来。

"你们两个今天放学后给我到图书馆留堂一个钟头。"小矮人抛下这句话才走出课室。

大熊望着我，抱歉的样子。

12

那天放学后，我乖乖地在图书馆里留堂，大熊却不知去了哪里。要是小矮人突击检查的话，他死定了。男生脑子里到底都装些什么？好像老是天不怕地不怕似的。

我百无聊赖，在书架上拿了一本《哺乳动物图鉴》来看。学校图书馆的书一般都很闷，比不上"猫毛书店"那边有趣。我在那儿租过一本《听听尸体怎么说》，书里说有些人死后还会长指甲，好可怕。还有一本《尸体想你知》和《谁拿走了那条尸》。总之，凡是跟尸体有关的，不管是古尸还是现代尸，我都喜欢。有时候，我自己都不禁怀疑自己是否有点恋尸癖或是心理不正常。

我翻开手上那本《哺乳动物图鉴》，里面有一章提到熊。美洲黑熊已经适应了人类社会，会尽量避开冲突。棕熊需要广阔的旷野才能生存，极少攻击人类。懒熊的黑毛杂乱蓬松，一副不修边幅的样子。大熊到底像哪一种熊？是爱自由的棕熊、爱好和平的美洲黑熊，还是懒洋洋、上课经常睡觉的懒熊？

可是，大熊长得根本一点都不像熊。他不是庞然巨物，没有粗壮的四肢，也没有近视。相反，他有一双聪明又孩子气的大眼睛，脸上永远挂着一个不知道是害羞还是怕麻烦的表情。偏偏是这样的男生，让你好想好想像顽皮狗儿在家中大肆捣乱那样，弄乱他那头本来就乱蓬蓬的头发。

那天，大熊始终没有出现，我双手支着头，望着书发呆。就在那时候，星一来了。他手插着裤袋，一进来就直接往书架那边走。坐在我身边的几个初中女生纷纷把雀跃的目光投向他，小声议论着他。大熊并没有跟他一起。我看看手表，距离留堂结束的时间还剩下十分钟。那十分钟突然变得好漫长，我不知道该祈祷大熊快点赶来还是希望小矮人千万不要来。

结果，他们两个都没来。我松了一口气，站起身，拾起背包，把那本《哺乳动物图鉴》放回书架上去。

在一排书架后面，我看到正站着看书的星一。

"刘星一，你有没有见过熊大平？"我问他。

他带着些许笑意的眼睛朝我抬起来，耸耸肩。

"告诉他，他死定了。小矮人来过。"我装出一副很严肃，又有点幸灾乐祸的表情说。然后，我迈开大步走出图书馆，撇着嘴，忍笑忍得好辛苦。

13

第二天,我在楼梯碰到大熊。那时,第一节课的钟声已经响过了,我一次跨两级地冲上楼梯。大熊从后面赶上来,书包甩在一边肩头上,很快便走在我前头。发现我时,他退了回来,问我:

"小矮人昨天真的去了图书馆?"

我故意不告诉他。

他脸上露出惶恐的神色,我憋住笑。

"你昨天为什么没出现?"我问他。

"我忘记了。"他懊恼地说。

我翻翻眼睛,装出一副我帮不上忙的样子。但他很快便不再懊恼了,好像觉得事情既然已经发生了,就让它发生吧。然后,他撇下我,自顾自往上冲。

要是让他首先进课室去,我便是最后一个了,想到这里,我拼命追上去,从后面拉住他的书包喊:

"噢!等等!"

我竟然笨得忘了他的书包一向有如大石般重，用来沉尸海底再也适合不过。然而，我这时后悔已经太迟了，他本能地抓住楼梯扶手，那个书包离开了他的肩头，朝我迎面袭来，击中了我的脸，我好比给一个沙包打中了，整个人失去平衡掉了下去。我拼命想抓住些东西来稳住自己，却没能抓住，一直往后堕，左脚撞到了楼梯扶手，后脑着地时刚好压着自己的背包。

大熊站在楼梯上，惊骇地望着我。

千分之一秒之间，我把掀了起来的裙子盖好，便再也没法动。

他走下来，嗫嚅着问我：

"你……你没事吧？"

这是不是就是所谓报应？早知如此，我才不会戏弄他。

接着，我给送到医院去，照了几张X光片。那位当值的大龅牙医生问我知不知道自己是谁。我说出名字，他露出大龅牙笑了，说："郑维妮，是小熊维尼的维尼吗？"

我脑袋没事，左脚却没那么幸运，脚踝那儿肿了起来，活像一只猪蹄，得敷三个礼拜的药。

隔天，我踩着胶拖鞋，一拐一拐地上学去。大熊看到我，露出很内疚的样子。

小息的时候，我留在座位上，他在后面戳了我一下。

"什么事？"我转过头去，鼓着气问他。

"对不起。"他说。

"你书包里都装些什么？"

"都是书。"他尴尬地说。

"你上一次清理书包是什么时候？"

"书包要清理的吗？"他一脸愕然。

"你从来不清理书包？"

他摇摇头。

"你把所有书都带在身上？"我问他。

他点点头，好像理所当然的样子。

我眼睛往上翻了翻，叹了口气，埋怨他："你差点儿害死我。我现在得每天坐出租车上学。"然后，我把头转回来，没理他，站起身，一拐一拐地走出课室。

芝仪在走廊上，我朝她走去。她看到我，反而马上走开。

"芝仪。"我就像单手划船似的朝她划去，问她说，"你没听见我叫你吗？"

她望了望我，脸上的神色有点异样。

"维妮，我们暂时还是不要走在一起。"她说。

"为什么？"我怔了一下。

她低头望了望我的脚说：

"我们一个拐左边，一个拐右边，你以为很有趣吗？你知道我最害怕什么吗？"她停了一下，抿了抿嘴唇，有点激动地说，"我最害怕在街上迎面走来一个跟我一样的人，他也是一拐一拐的。"

"可我不是——"我说到嘴边的话止住了。

"你不是真的，但我是。对不起，等你的脚没事再说吧。"她转过身去，拖着一个孤寂的背影走远了。

都是大熊惹的祸，他害我没朋友。

午饭的时候，我留在课室没出去，吃别人帮我买的排骨饭，我需要补充骨胶原。午饭时间过了一半，大熊回到课室来。我板着脸，装着没看到他。他坐到后面，戳了我一下。

"又有什么事？"我转过头问他。

他手上拿着钱包，从钱包里挖出几张皱巴巴的钞票和一堆零钱，推到我面前，说：

"你拿去吧。"

"什么意思！"

"给你坐出租车。"

"这怎么够？"我瞥了瞥他。

"我再想办法吧。"他搔搔头。

我把那些钱捡起来，偷偷瞄了他一眼，说：

"对呀！你卖血也得筹钱给我。"

他无奈地看着空空的钱包。

几天之后，他再给了我几张皱巴巴的钞票，说：

"你拿去吧。"

我像个高利贷似的，数了数他给我的钱，然后满意地收下。

那几天，他中午都没出去吃饭，留在课室的座位上睡懒觉。我吃同学帮我买的午饭。芝仪依然避开我。

然后有一天，我吃着自己买的面包，听到后面传来咕噜咕噜的声音。我转过头去，看到大熊，那些声音从他肚子里发出来，他好像很饿的样子。我把一袋面包丢在他面前，说：

"我吃不下这么多，你可以帮我吃一些吗？"

他点点头，连忙把面包塞进嘴里。

"你为什么不去吃饭？"我问他。

"我这个月的零用钱都给了你。"他咬着面包说。

"这是你自愿的，可别怪我。"我停了一下，问他，"你也喜欢徐璐吗？"

他怔了怔，不大明白。

"要不然你干吗烫这个头？"我瞄了瞄他的头发。

"我有个朋友在理发店当学徒，他那天找不到模特儿练习，所以找我帮忙。"他说。

"然后你就变成这样？"我叹了口气。阿瑛说得没错，他果然不是那种会去烫发的男生，而是那种朋友叫他去刮光头他也会答应的笨蛋。

"手册的照片，你拍了没有？"我问他。

他摇摇头，一副不知死活的样子。

"你不知道下面地铁站有一台自动拍照机吗？"

他眨眨眼，似乎真的不知道。

我从钱包里掏出三十块钱丢在他面前说：

"你拿去拍照吧，再交不出照片，小矮人会剥了你的皮来包饺子。"

"谢谢你，钱我会还给你。"他捡起那三十块钱说。

我觉得好笑，那些钱本来就是他的。

那天放学之后，我没坐出租车，拐着脚走向地铁站。那个颜色像向日葵的站口朝我展开来，我钻进去，乘搭一列长得不见底的自动楼梯往下。车站大堂盖在地底十米深的地方，在我出生以前，这儿还只是布满泥沙、石头和水，说不定也有幸福的鱼儿在地下水里游泳，而今已经成了人流匆匆的车站。

距离闸口不远的地方放着一台自动拍照机，看起来就像一个银色的大箱子，会吞下钞票然后把照片吐出来。我从来不觉得它特别，直到这一天，我缓缓走向它，发现那条黑色的布幔拉上了，底下露出一双熟悉的大脚，穿着深蓝色裤子的长腿不是好好合拢，而是自由又懒散地摆着，脚下那双磨得灰白的黑皮鞋一如以往地没系好鞋带，那个把我撞倒的黑色书包搁在脚边。就在那一刻，布幔后面的镁光灯如魔似幻地闪亮了一下。我掏出车票，带着一个微笑，一拐一拐地朝月台走去。

许多年后，我常常回想这一幕。要是我当时走上去掀开布幔，发现坐在里面的不是大熊而是另一个人，我该怎么办？我的人生会否不一样？

14

三个星期之后,我的脚伤痊愈了。曾经嫌弃我一拐一拐的芝仪又再和我走在一块。

那天,我们在回转寿司店吃午饭的时候,她突然说:

"今天由我来请客吧。"

"为什么?"我把一片鱼卵寿司塞进嘴里。

"对不起,你一定觉得我这个人太敏感了吧!"她歉意的眼睛朝我看。

"真的没关系。"我说。那段拐着脚走路的日子虽然只有短短的三个星期,却已经长得足够让我谅解芝仪。

那时候,我最害怕的,不过是数学罢了,跟芝仪所害怕的,根本无法相比。"我最害怕在街上迎面走来一个跟我一样的人,他也是一拐一拐的。"我无法忘记她说的这句话。

"多吃一点吧,我不是常常这么慷慨的。"她笑笑说。

"那我不客气了。"我又拿了一碟鱼卵寿司,问她说,"有什么东西是看上去太整齐了,你很想把它弄乱的?"

"我说出来你会不会觉得我变态?"她有点不好意思,眼睛里却又带着一丝笑意。

"是什么?"我好奇地问。

"每次看到一些小孩子很用心砌了半天的积木,像是堡垒啦、房子啦,我都很想一手把它们全都推倒,然后看着那些小孩子流着两行鼻涕大哭大叫。光是在心里想,已经觉得痛快。"她吐吐舌头说。

"果然是很变态呢。"我说。

只想弄乱大熊的头发的我,和芝仪相比,真是个正常不过的人。

"是星一。"芝仪突然压低声音说。

我转过头去,看到星一和大熊坐在回转带的另一头。大熊的零用钱不是全都给了我吗?他哪里还有钱吃饭?我这天跟芝仪外出吃饭之前,还故意丢给他一袋面包,说是因为我临时改变主意出去,所以面包给他吃。三个星期以来,我吃什么都留一些给他,撒谎说自己吃不下那么多。他这个笨蛋竟然每次都相信。要骗他,根本就不需要想出一些新的理由。

他为什么突然跑来吃寿司?说不定他这天也跟我一样,由身边的人请客。

"我要做一个实验。"我在心里说。

一碟鱼卵寿司正朝我这边转过来，快要经过我面前。它来到我面前了，然后继续往前走，我的目光追着它。

这时，星一看到了我，似笑非笑的，好像是介乎想跟我打招呼和不想打招呼之间，大熊也看到了我，傻气地望了望我，然后又转过头去继续跟星一聊天。

我手肘抵着桌边，目光一直斜斜地、悄悄地追着那碟橘红色的鱼卵寿司，祈祷它千万不要中途给别人拿走了。经过一段漫长迂回的路，它终于安全抵达大熊面前。

大熊很欢喜地，马上把它从回转带上拿起来，一个人吃得很有滋味。

不是每个人都受得了鱼卵寿司的那股腥味，

芝仪就从来不吃，星一连看都没看一眼。然而，喜欢它的人就是迷上那股独特的海水味道。大熊喜欢鱼卵寿司；还有就是，他刚好拿起了我挑中的那一碟，而不是前头经过的或是后来的那些。

"实验成功了！"我在心中喝彩。

然而，到底是什么样的实验，当时的我却无法具体说出来。是心灵感应的测试吗？是口味是否相同的鉴定吗？还是一个十六岁的女孩做着天真的爱情实验，然后为一个宛若鱼卵般微小的共通点和一个偶然乐上半天，丝丝回味？

15

就在寿司店的实验成功之后不久,一天放学后,我独个儿去坐地铁。那天的人很多,车厢里像挤沙丁鱼似的。我抓住扶手,戴着耳机听歌,双眼无聊地望着车厢顶的广告。当我的目光无意中转回来的时候,发现大熊在另一个车厢里,露出了半个乱蓬蓬的头。我想再看清楚一些,却已经不见了他。

列车开抵月台,我走下车,回头看了看月台上拥挤的人群,没发现他。然后,我踏上电动楼梯,靠右边站着。当电动楼梯爬上顶端,我伸手到背包里拿我的车票,这时,我看到那个乱蓬蓬的头在电动楼梯最下面,飞快地蹲低了一些,生怕给我看到似的。

"他干吗跟着我?"我一边嘀咕,一边走出地面。

像平时一样,我经过小公园,走进"手套小姐"的"猫毛书店"看看有什么新书。"白发魔女"这天在书堆上懒懒地走着猫步。我躲在一个书架后面偷偷望出去,终于发现了大熊。他站在对街,眼睛盯着这边看。他是跟踪我没错。

我租了一本《四条尸体的十二堂课》，接着若无其事地从租书店走出来。走了几步，我故意蹲下去系鞋带，然后站起身，继续往前走。等到过马路的时候，我飞奔过去，才又放慢步子。我偷偷从肩膀朝后瞄他，没看到什么动静。

回到家里，我匆匆走进睡房，丢下书包，躲在窗帘后面往下看，看到大熊半躲在那株开满红花的夹竹桃后面，抬起头看上来。

他是什么时候开始跟踪我的？又跟踪了多久？

接下来的一个星期，我发现大熊每天放学之后都悄悄跟踪我回家。等我上去了，他会躲在那株夹竹桃后面好一会儿，见我没有再出来，然后才从原路回去。那个星期，我都把胸罩、内衣裤和校服挂在浴室里，不让妈妈挂到窗外晾晒。为了确定她没忘记，我每天上课前都会检查一遍。

"干吗不挂出去？"她问我。

我没告诉她。

校服不挂出去，是不让大熊知道我住哪一层楼。胸罩和内衣裤嘛，那还用说？

星期天在奶酪蛋糕店打工时，我不时留意店外。要是大熊跟踪我来店里，便会看到阿瑛。那么，他会发现，在认识他之前，我已经知道很多关于他的事。

"你干吗整天望着外面？"阿瑛问我。

"没有啊。"我耸耸肩。停了一下，我问阿瑛，"小毕最近有没有见大熊？"

"没有啊，他最近很忙。"

"大熊是很忙。"我说。他都忙着跟踪我。

"我是说小毕。"阿瑛一边折蛋糕盒子一边说。

那天，一直到蛋糕店关门，我都没发现大熊。

到了一个大雨滂沱的黄昏,放学之后,我撑着一把柠檬黄色的雨伞,走路回家。大熊并没有带雨伞,他好像从来都不带雨伞。他鬼鬼祟祟地在距离我几公尺后面跟着,笨得还不知道我已经发现了他。我也只好继续装笨。

那天的天空沉沉地罩下来,人们的雨伞密密麻麻地互相碰撞,谁也看不清楚雨伞底下的那张脸。我把手中的雨伞高高举起来,像一个带队的导游那样,悄悄给了大熊提示。

回到家里,我躲到窗帘后面偷看他。他从那株夹竹桃后面走出来的时候,乱蓬蓬的头发塌了下来,整个人湿淋淋的,拱起肩,踩着水花在大雨中离开了我的视线。

第二天、第三天,他的座位都是空着的。我双手支着头,无心听课。虽然大熊在课室里向来很静,仿佛不存在似的;然而,没有了他的课室,却又静得有点寂寞。

到了第四天,他终于背着那个大石头书包回来了。他脸色苍白,一副大病初愈的样子。那天上课的时候,他不停擤鼻涕,打喷嚏时好几次把我脑后的头发吹了起来。

我心里好内疚,是我把他害成那样的。雨那么大,明明知道他没带雨伞,我偏偏要走路回家,还以为那样很诗意。

"大熊,你为什么跟踪我?"我很想转过头去问他。

要是只想知道我住在哪里,不是已经知道了吗?要是喜欢我,就说出来吧,我知道我很可爱。

那样冒着大雨跟踪我,难道只是为了看看我的背影吗?坐在课室里,不是已经每天都看到我的背影吗?

大熊,我需要一个理由。

可是,我知道他是不会告诉我的。

那天放学之后,我以为他会回家休息。然而,他还是如常地跟着我。他不像刚开始的时候跟得那么贴,离我老远的。我并没

有像平日那样直接回家。我戴着耳机，一个人在街上乱逛，有时会突然在某家商店的橱窗前面停下来，装模作样，偷偷瞄一下他有没有跟来。确定他还在后头，我才继续往前走。那天路上的人很多，迎面朝我走来一张张陌生的脸孔，当他们从我身边擦肩而过，在几十步之遥的后方，同样的这些脸孔，也会遇上那个跟我如影随形的大熊吗？

我走进一家戏院，买了一张五点半的戏票，并且确定大熊也跟着我买票。那天放的是《铁达尼号》。我坐在漆黑一片的戏院里，我旁边的几个女生哭得很凄凉，仿佛她们也搭了那艘沉船，也跟那个男主角相爱似的。那片绚烂的光影世界如梦境般，有什么比有人陪你做梦更美？那是我和大熊一起看的第一出电影，没有相约，也并没有一起买票，但我知道他也在这黑蒙蒙的戏院里，在后头某个地方，跟我一样，是这个爱情悲剧的其中一个观众。是我把他骗进来的。

从戏院走出来，天已经黑了。我双手勾着背包的肩带，夹在散场的人群中，朝车站走去。城市的灯渐渐亮了起来，空气中有点秋意，我踩着轻快的脚步，走进颜色像蓝宝石的地铁站。月台上没有很多人，列车驶进来，车门打开了，我跳进车厢里，找到一个位子坐下来。列车穿过弯弯曲曲的隧道，我瞥见大熊坐在另一个车厢里，用一本书遮住脸，长长的双腿懒散地叉开来。

列车到了月台，我甩上背包走出车厢。电动楼梯缓缓把我送上地面，我如往常般走路回家。小公园上的秋千在微风中摆荡，"猫毛书店"已经关门了。我走在一盏黄澄澄的街灯下，看到了自己斜斜的影子。要是身上有一根粉笔，我会立刻蹲下去，把自己的影子画在地上，提醒大熊不要踩到它。可惜，一个人无法蹲下去的同时又画下自己走路的影子。

回到家里，我匆匆丢下书包，躲到窗帘后面偷看。大熊已经走在回去的路上，在街灯下拖着斜斜的影子。

直到第二天，芝仪问我前一天有没有去看流星雨，我才知道，那天午夜落下了一场壮观的狮子座流星雨。那么大量的彗星碎片和灰尘掉入地球的表面，要三十三年才会发生一次。这一次，在中国可以看到最大的流星暴，三十三年后那一场可不一样。

但是，我已经看到了一场流星雨——就是在大熊低着头背着书包的背影上那点点星光。直到他走远了，星星的光芒才没入夜色之中。

后来，当我长大了一些，我常常想，是什么驱使我们对一个人如魔似幻的向往？我好像是从一开始就爱上了大熊，连思考的过程都没有。要是也有一场大熊座流星雨，我会是那个早早就坐在海滩上，双手抱着腿，遥望一片无涯的天空，彻夜守候着的人。

16

第二天，当大熊看着我回家，我并没有真的回家。我躲在公寓大堂那扇门后面偷瞄他。看到他背朝着我往回走的时候，我悄悄走在他后头，想知道他接着会去什么地方。

他低下头，走在人行道上，丝毫没发现后面的我。当他无意中看到地上有个空的乳酸菌饮料瓶，他马上把它当成皮球那样追着踢，一会儿盘球，一会儿左脚交给右脚，很好玩的样子。

到了"猫毛书店"外面，他突然停下来，把那个瓶子踩在脚下，踢到一旁，然后走进书店里。"白发魔女"背朝着他伸了个懒腰，趴在书堆上。他扫了扫它的背，把它长而多毛的尾巴摆成"C"形，"白发魔女"竟然没反抗。接着，他钻进书架后面，我连忙躲起来。过了一会，他拿着几本书走到柜台前面东张西望。"手套小姐"这时从柜台后面那个房间走出来，木无表情地替他办了租书手续。他付了钱，把书塞进背包里。

他出了书店，往地铁站走去。我一直跟他保持着几公尺的距离。到了月台,我躲在另一边月台的一根石柱后面。当列车驶来,我连忙跟着他走上车,然后待在另一个车厢里。他靠近车门站着,把一本书从背包里拿出来,读得很入迷的样子。

到了第三个车站,他收起书走下车。我跟着他踏上电动楼梯。电动楼梯爬升到地面的出口,他走出去,朝大街走了几步,拐了个弯,那儿有一家游戏机店,他走进去,一待就是一个钟头。我在对街商店的遮阳篷下面呆呆地等着。

他终于走出来的时候,天已经暗了,他好像还没有回家的打算,一直往前走,经过一个球场。两帮男生正在那儿打篮球,大熊站在场边,双手插着裤袋,饶有兴味地看着人家打球。有一次,那个篮球掷出了界,他连忙退后一些,双手把球接住,在脚边拍了几下才依依不舍地掷回去。

离开球场之后，他在人行道的一棵树下拾起一根树枝，傻里傻气地把树枝当成剑在手中挥舞，又摆出剑击手的姿势。我躲在另一棵树后面，忍不住偷笑。

他在街上晃荡。一个年老的乞丐带着一只肮脏的小狗拦在路中心行乞。大熊从口袋里掏出一个铜板，丢到那个乞丐的小圆罐里，继续往前走。

他拐过街角，来到一家卖鸟和鸟饲料的店，隔着笼子看了一会儿小鸟，又逗一只拴在木架上的黄色鹦鹉玩。

"你好！我不是一只鹦鹉！"我听见那只鹦鹉用高了八度的声音亢奋地说着人话。

大熊咯咯地笑了起来，然后买了一包瓜子，接着把瓜子塞进背包里。

他继续往前走，进了一家便利店。我躲在店外，看到他买了一个杯面和一瓶汽水，一个人孤零零地把面吃完。

吃饱了，他从便利店走出来，在下一个路口拐了个弯，爬上山坡。山坡两旁植满了大树，一棵树的树梢上吊着一盏昏黄的路灯，微弱的光线照亮着前面的一小段山路，我看到山上有光。

我跟着他，一路上静悄悄的，连一个人都没有，草丛里不时传来昆虫的嗡叫。终于到了山上，大熊走向一道铁门，掏出钥匙从旁边的一扇黄色的木门进去，然后不见了。

我走上去，浅蓝色铁门顶的圆拱形石梁上亮着一盏苍白的灯，我看到那儿刻着几个大字：大爱男童院。

铁门后面有两幢矮房子，一幢远一些，一幢近一些。我抬起头，看到靠近大闸的一幢房子的二楼这时亮起了灯，一个人影出现在薄纱帘落下的窗前，头发乱蓬蓬的。一只凤头有冠的鸟拍着翅膀，在他身边呈波浪形飞翔。他朝鸟儿伸出一只手，鸟儿马上收起翅膀，栖在那只手上面，头低了下去，好像是在啄食饲料。

那是大熊和他的宠物鸟吧？看起来好像是鹦鹉。可是，大熊为什么会跟鹦鹉住在一所男童院里？那是他的家吗？家里却又为什么只有他一个人？我带着满腹疑团走下山坡。

第二天，我继续跟踪大熊。他看着我走进公寓之后，便往原路回去。经过"猫毛书店"的时候，他没进去。"白发魔女"在门口的书堆上趴着打了个呵欠，大熊把它的尾巴摆成"C"形才走开。

他跟前一天一样坐地铁，但是这一天，他没有在第三个站下车，而是第六个站。他走出地面，在一家模型店的橱窗前面停步，看着橱窗里的一架战机，研究了大半天。

然后，他进了附近一家理发店。过了一会儿，他跟一个年纪和他差不多，身材瘦小的男生从店里走出来，两个人站着聊天。那个男生身上穿着黑色的工作服，染了色的头发一根根竖起来，形状似箭猪,颜色像山鸡。他说不定就是大熊那个当理发学徒的朋友,怪不得大熊的头发也好不了多少。

聊完了天,"山鸡箭猪"回店里去,大熊独个儿在街上晃荡。他绕过街心,那儿有一家游戏机店。这一次他又不知道会在里面待多久才肯出来。我在对街的快餐店买了一杯柠檬茶和一包薯条,一边吃一边等他。过了一小时四十分,他终于出来了,却突然朝我这边走来,吓得我连忙用书包遮着脸。但他没进来。我走出店外,发现他进了隔壁一家拉面店吃面。他背朝着我,坐在吧台前面,一只手支着头,仍旧坐得歪歪斜斜。

等到他吃完,天已经黑了。他回到下车的那个地铁站。谢天谢地,他终于肯回家了。他在月台上一连打了几个呵欠。列车到了,他走进去,找了一个位子坐下,把书包从肩上甩下来,丢在旁边的空位上,又开双脚打盹。

列车抵达月台,门开了,他蓦然惊醒过来,连忙站起身跑出去,却竟然忘了带走书包。我不知道该怎么办,要是叫住他,他会发现原来我跟踪他;但是,我也不可能看着他丢失书包。

没时间多想了,我走上去,飞快地拾起他的书包,在列车关门前冲出车厢,把那个书包放在月台上,然后飞快地躲在月台的控掣室旁边。他的书包那么重,他很快就会发觉自己背上轻了许多。

不消一会，他果然狼狈地飞奔回来。这时，列车的最后一个车厢刚刚进了隧道，扬起了一阵风。大熊望着开走了的列车，脸露沮丧的神情。突然之间，他在空空的月台上发现他的书包。那个书包就在离他几步的地方。他望着书包呆了半晌，举头四看，脸上的表情充满疑惑，然后又定定地看着那个书包好一会儿，不明白它为什么自己会下车。

等了一下，他终于走上去拾起那个书包，甩在背上。我担心他会突然回过头来，所以离他老远的。

他走昨天的路爬上男童院的山坡，在那扇黄色木门后面消失。然后，我看到二楼亮起了一盏小灯，类似鹦鹉的剪影拍翅朝他的剪影飞去，栖在他头上啄他，好像是欢迎他回家。

17

我一连几天跟踪大熊,发觉他每天都会到游戏机店打机,然后不是到球场看人打篮球便是在街上晃荡。他晚饭都是一个人在外面吃,不等到天黑也不回家,难怪他没时间做功课。那只头上有冠的鸟并没有拴起来,他由得它在屋里飞,所以,二楼那扇挂着纱帘的窗从来没打开过。

他隔天会顺道到"猫毛书店"借书和还书,每次都忍不住把"白发魔女"的尾巴摆成"C"形,好像它是他的一件玩具。

每一次,只要他一走出书店,我便立刻走到柜台瞥一眼他前天借了什么书,刚还的书都会放在那儿。我列了一张他的租书单:

《一〇一个有趣的推理》

《跳出九十九个思路的陷阱》

《古怪博士的五十二个逻辑》

《揭开数学的四十四个谜团》

《十一个哲学难题》

《如何令你的鹦鹉聪明十倍》

除了他似乎偏爱书名有数字的书之外,他看的书比我正常。我也猜得没错,那只不住在笼子里的鸟儿是鹦鹉。

不过,在"猫毛书店"瞥见《如何令你的鹦鹉聪明十倍》的那天,也是我最后一次跟踪大熊了。

那天,他在"猫毛书店"把书还了,没有租书,然后直接坐地铁回家,连游戏机店都没去,好像很赶时间似的。我跟他隔了几公尺的距离,手上拿着一本书,半遮着脸。他出了地铁站,走过长街,绕了个弯。过了那个弯,便是山坡了。我跟着他拐弯,没想到他竟会站在那儿,吓了我一跳,我几乎撞到他身上。

"你为什么跟踪我?"他那双好奇的眼睛望着我。

"我没有。"我说。

"但是,你一直跟在我后面。"他一脸疑惑。

"这条路又不是你专用的。"

我明明是在撒谎,没想到他竟然相信我的谎话。

"那算了吧。"他说,然后继续往前走。

"但你为什么跟踪我?"我咬咬牙,朝他的背影说。

他陡地停步,不敢转过头来望我。

"为什么?"我又问一遍,听到自己的声音因紧张和期待而颤抖。

他的答案却不是我期待的那样。

他转过身来，结结巴巴地说：

"有人要我跟踪你。"

"是谁？"我既失望也吃惊。

他没回答。

"到底是谁！"我猜不透。那一刻，我甚至想过会不会是男童院里某个边缘少年。

"下次再告诉你吧，我赶时间。"他说。

他想逃，我拉住他背包的肩带，说：

"你不说出来，我不让你走！万一那个人原来想绑架我，那怎么办？"

"星一不会绑架你吧！"他说。

"是星一！"我怔住了，问大熊，"他为什么要你跟踪我？"

"他没说。"

"那你为什么听他的？"我很气。

"他给我钱。"他告诉我说，好像不觉得这有什么问题。

"他给你多少钱？"

"每天一百块钱。"他老实告诉我。

"怪不得你每天都有钱去打机！还有钱施舍给乞丐！"我气过了头，一时说溜了嘴。

"你还说你没有跟踪我?"他吃了一惊。

我没回答,反而问他:"星一只要你跟着我,什么也不用做?"

"告诉他你每天放学之后都做些什么。"他说。

"可恶!他有什么权力这样做!"我恨恨地盯着大熊,骂他,"你也是收了同学的钱所以才会去偷数学试题吧?我还以为你不肯出卖朋友呢!"

"你怎么知道我偷试题的事?"他怔了一下。

"你别理!我没说错吧?"

大熊没回答,好像很受伤害的样子。

"星一给你多少钱,我也给你多少。明天起,你替我跟踪他。"我对大熊说,但我根本没那么多钱。

"不行。"他说。

"为什么!"

"星一……他是我朋友。"他回答,一副忠肝义胆的样子。

"那我就不是你朋友吗?"

没想到他竟然说:

"我不跟女孩子做朋友。"

"女孩子为什么不能做朋友!"我瞪着他。

"女孩子很麻烦。"他皱着眉说。

"所以你没女朋友?"我探听他。

他摇头，好像真的觉得女生很可怕。

"怪不得他对你有感觉。"我瞥了他一眼。

"谁对我有感觉？"他颇为诧异地望着我。

"老实告诉你，是有人要我跟踪你，每天报告你的行踪。"我骗他。

"是谁！"他半信半疑。

"既然你告诉我，我也告诉你吧。那个人就是——"

他很好奇，等着我说出来。

"就是薰衣草！"我说。

"薰衣草？"他着实大吃一惊。

"你是插班生，难怪你不知道。薰衣草喜欢男生。你该明白我的意思吧？"

他震惊得张大嘴巴。

"他好像特别喜欢粗枝大叶的男生呢。"我危言耸听。

他一张脸红了起来。

我抓住他的背包，说：

"你现在带我去找星一，我要问他为什么跟踪我。"

"今天不行，我要和我爸爸吃饭。"他腼腆地说。

我放开了手让他走。不知道为什么，当听到他终于不用一个人孤零零地吃饭，我很替他高兴。

他转过身跑上山坡。

"那只鹦鹉叫什么名字?"我大声问他。

"皮皮。"他一边跑一边回过头来告诉我。

"皮皮。"我喃喃念着,还不知道将来我有很多机会唤它的名字。

目送着大熊的背影渐渐消失在山坡上,我独个儿往回走。这天跟前几天不一样,天还没有黑。我的心情也跟前几天不一样。知道了大熊并不是因为喜欢我而跟踪我,那种感觉就好像我看到一个有点眼熟的人老远朝我微笑挥手,于是我也向他挥手微笑;然而,我马上就发现,他不是跟我笑,而是跟我后面的某个人笑,会错意的我,巴不得马上挖个地洞躲进去。

幸好,大熊并没有看到我的尴尬,他还相信了薰衣草的事。我愈想愈觉得好笑,忍不住在路上笑了起来。我还没见过这么笨的男生。这个笨蛋,我就是没法生他的气。

那天晚上,我打电话给芝仪,告诉她星一要大熊跟踪我的事。她在电话那一头停了很久,然后说:"星一他会不会喜欢你?"

"不会吧?"

"那他干吗叫熊大平跟踪你?"

"我也想知道。"我说。

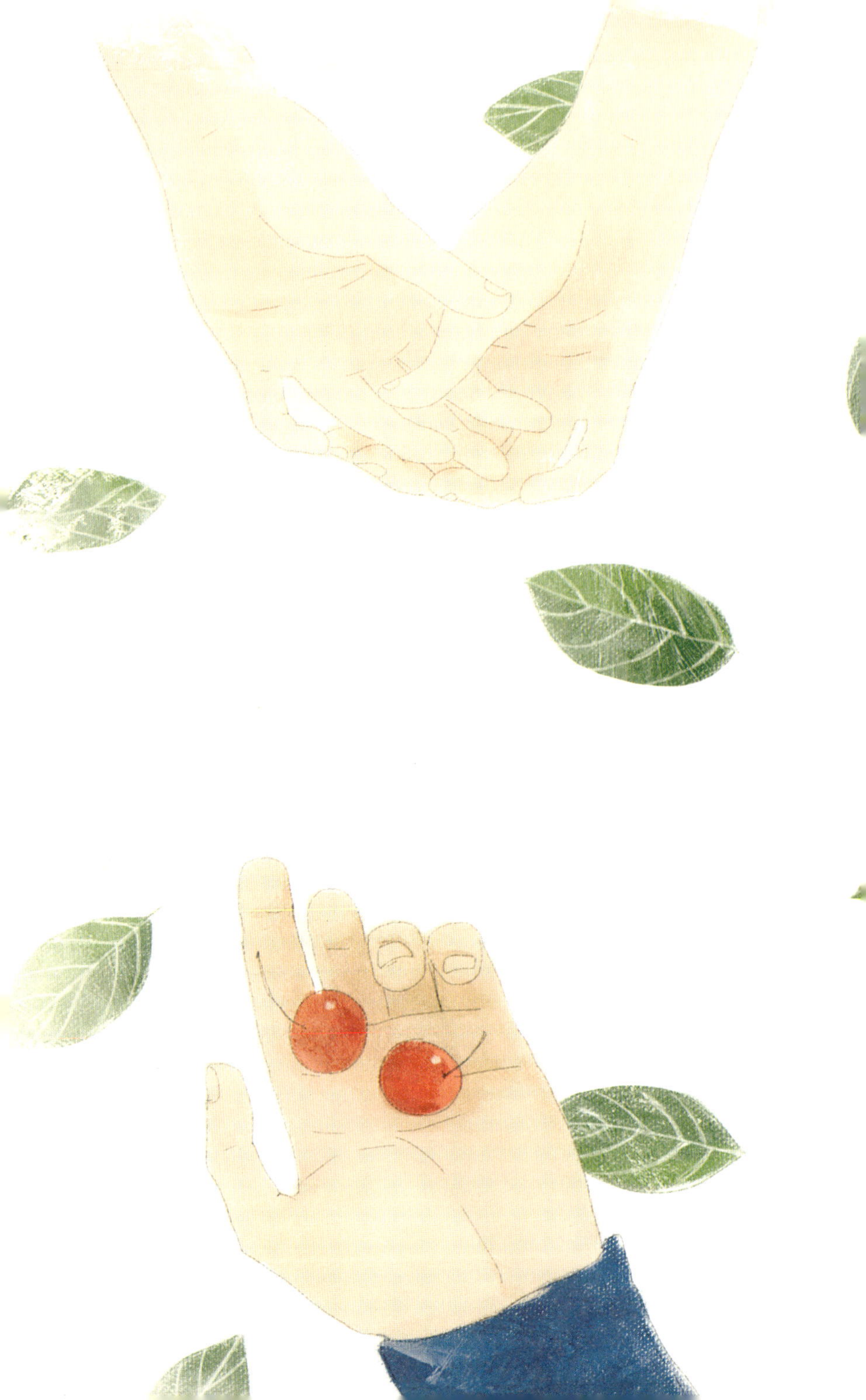

18

第二天的第一节课是体育,我们在学校的运动场比赛垒球。芝仪拿着一本书坐在看台的石级上,无聊地翻着。因为脚的问题,她一向不用上体育课。这一天,星一跟大熊一队,我是敌方。轮到我击球的时候,由大熊负责投球,星一是捕手。我握着一根垒球棍,摆出准备击球的动作。

"星一,你为什么要大熊跟踪我?"我问蹲在我旁边,戴着捕手面罩和垒球手套的他。

大熊应该已经告诉了他,所以星一并不觉得意外。他的答案却在我意料之外。

"礼物。"他说。我看不清楚藏在银色面罩背后那张脸是什么表情。

"礼物?"我望着他,怔了片刻。

"是我送给你的礼物。"他说。

"你为什么要送礼物给我?"我呆了半响。

"球来了！"星一突然说。

我连忙转过头去，大熊刚刚投出一个好球，那个球劲道十足地朝我飞来，我鸡手鸭脚挥了一记空棍，没打中。

星一把球接住，蹲下来说：

"我表姐念念不忘曾经有个暗恋她的男生找私家侦探跟踪她，只是想知道她下班之后都做些什么。"星一说。

"他自己为什么不跟踪她？"我不明白。

"大熊快要投球了！"星一提醒我。

我连忙摆出接球的动作。大熊抡着手臂，准备随时把手上的球掷出来。

"那样不够优雅。"星一说。

"你是说我的动作！"我看了看自己。

"我是说，自己去跟踪。"星一回答。

"星一，你是不是减肥过度，荷尔蒙失调，所以变成这样？你说的话和你做的事，一点都不像十六岁。"我眼睛望着站在老远那边的大熊，跟星一说着话。

"你永远不会忘记，十六岁那年，有个男生找人每天跟踪你。我送给你的是回忆。球来了，别望过来！"

那是个好球，我又挥了一记空棍。大熊就不可以让我击中一球吗？

我望着星一转身跑去拾球的背影，我得承认，他说的没错，我永远都不会忘记。但是，我希望大熊跟踪我不是因为星一要他这样做。

星一把球抛给大熊，又再蹲在我旁边。我们都没说话。

我握着球棍，俯身脸朝大熊，我已经失了两球，只要再失一球，就要出局了。我不要输给大熊。

大熊又投出一球。当我准备挥棍击球的时候，身为敌方的星一却提醒我：

"这是坏球，别接！"

根据球例，坏球是不用接的。结果，我没挥棍，那一球越过我的肩膀，是个坏球。

"谢谢你。"我对星一说，我很高兴暂时不用出局。

"这也是礼物。"星一说。

我假装没听见，眼睛望着大熊，准备接他下一球。那个球从大熊手里掷出，朝我飞来。

"别接！"星一再一次提醒我。

我好像没法不听他的，动也不动，看着那一球仅仅掷出了界，果然是个坏球。

星一跳起来把球接住。

"谢谢你。"我说。

他隔着面罩微笑。

大熊再投出一球。

"别接!"星一说。

那一球朝我飞来,越过我头顶。我没接。

我只好再一次对星一说:"谢谢。"

星一把球掷回去给大熊,对我说:"别客气。"

"别怪大熊,是我逼他说出来的。"我说。

"是我要他不用守密。"星一说。

"你对其他女孩子都是这样的吧?付钱找同学跟踪她们。"

"不,只有你一个。"他蹲下来说。

"为什么?"我俯身握着球棍,眼睛望着大熊那边。

"我喜欢你。"他说。

"可是,星一——"我没想到他会这么坦白。我脸红了,想转过头去跟他说话。

"别望这边!"星一立刻说,然后又说:"望着投球手。"

我只好望着准备投球的大熊,对星一说:

"星一,对不起,我不喜欢你。"

"你不用喜欢我。"星一低沉的声音说。

大熊这时掷出一球。投球手的球要投在击球手的肩膀与膝盖之间,阔度也有限制,超出这个范围的,便是坏球。但是,坏球有时候也许只是偏差一点点，万一我以为是好球而挥棍，打不中的话，我还是输。要是他投出的是好球，而我以为是坏球，所以不打，那么，我也是输。

大熊已经投出两个好球和三个坏球，根据球例，只要他再投一个坏球，我便可以上第一垒。万一是好球，那我就输了。

那个球已经在途中，好像会旋转似的，但是，我根本无法判断到底是好球还是坏球，要不要打。

"别接！"星一这时说。

我忍不住回头瞥了星一一眼。

"是个坏球。"他望着飞来的球说。

我转回去，那一球出界了，差一点点就是一个好球。

我兴奋得丢下球棍，冲上一垒。队友为我欢呼。

连续掷出四个坏球，大熊是故意把我送上一垒的吧？他前两球都掷得那么好。

我站在一垒，看到脱下面罩的星一走向大熊，两个人不知道聊些什么。我朝着台上的芝仪猛挥手，有很多话想跟她说，她却好像看不见我。

那天上课时，我没敢望星一。下午上薰衣草那堂课，薰衣草把大熊叫出去，亲切地搭住他的肩膀，称赞他上一篇作文写得不错，那篇文章的题目是"我和朋友"。

"人和鹦鹉的感情很动人。"薰衣草说。

原来大熊写的是皮皮。

薰衣草捏了捏大熊的臂膀,我看到大熊想缩又不敢缩,浑身不自在,很害怕的样子。他真的相信是薰衣草派我跟踪他的。这个笨蛋。

放学后,我回到家里,校服没换,站在睡房的窗前,手抵住窗台,望着下面那棵夹竹桃。叶落了,地上铺满红色的花。一个男生从树后面走出来,他在躲他的小白狗。然后,人和小狗一起走了。我知道再也不会在这儿看到大熊。

喜欢一个人的感觉，原来很傻，像是自说自话，他根本就听不到。要是他无意中听到了，他也许会问：

"你刚刚说什么？"

"呃？我没说什么。"你幽幽地回答。

既然他没听到，你惟有假装自己没说过。是的，因为他不懂，所以，你从来就没有喜欢过他。

19

星期天在奶酪蛋糕店里,我问阿瑛:

"是你首先喜欢小毕,还是小毕首先喜欢你?"

"是我首先喜欢他。你还记得他和大熊给一头黄牛狂追的事吗?"

我点点头。

"小毕画画一向很棒,每次都贴堂。从那时起,趁着课室里没有人的时候,我把他的画从壁布板上悄悄偷走,一共偷了五张,贴在睡房的墙上,每天对着。我那时很笨,没想过把其他人的画也一并偷走,掩人耳目。小毕的画不见了,大家都觉得很奇怪,连美术老师也摸不着头。我还记得她说:'小毕的画是很漂亮,但还不至于有人会偷去卖钱啊。'"

我嘻嘻地笑了起来。

"直到一天,放学之后,同学们都离开了课室,我偷偷折回去,拿掉小毕贴在壁布板上的那张画,准备藏在身上的书包里。就在这时，小毕突然从课室的门后面走出来。原来，他预先躲在那儿，想知道到底是谁三番四次偷走他的画。"

"发现是你之后，他怎么样？"我问。

"他只是红着脸，很害羞地说：'呃？原来是你。'"阿瑛带着微笑说。

"原来是你。"我重复念着说，"好感人啊！"

"要是我没有首先喜欢小毕，我不知道他会不会也喜欢我。"阿瑛一边洗蛋糕柜一边说。

"那以后，你没有再偷画啰？"我问阿瑛。

"那也不是，后来我又偷了一张，而且是跟小毕一起偷的。"

"呃？是谁的画？"

"大熊。"阿瑛说，"那时候，贴堂有两种，一种是像小毕那样画得漂亮的，另一种是像大熊那样，画得实在糟糕，要贴出来给大家取笑。小毕为了报答大熊，所以跟我一起偷走大熊那张画，大熊到现在还不知道是谁偷走了他的画呢。那位美术老师上课时说：'小毕的画给人偷走，我还能够理解。可是，熊大平的画，为什么会有人想要呢？'"

我趴在蛋糕柜上，咯咯地笑了起来。

那天夜里，我窝在床上，做着自编自演的白日梦：

时光倒流到小五那年，场景是大熊、小毕和阿瑛的课室。一个无人的夜晚，鹦鹉皮皮拍着翅膀飞过天边的一轮圆月，然后降落在学校的屋顶上，替我把风。我穿着一身黑色的夜行衣，蒙着脸，偷偷潜回课室去，拿掉壁布板上大熊那张画，免得他继续给人取笑。突然之间，预先躲在课室里的大熊从门后面走出来。看见我时，他讶异地问：

"你是谁？"

我缓缓脱下面罩。

"呃，原来是你。"大熊腼腆又感激地说。

我红着脸点头。

"原来是你。"只比"我爱你"多出了一个字。然而，谁又能够说，它不是"我爱你"的开始？

然后，大熊指了指我手上的那张画，紧张地问我：

"你知道我画的是什么吗？"

我就着月光欣赏那张看来像倒翻了颜料，分数只得"丁减减"的画，朝他微笑说：

"我觉得很漂亮。可以送给我吗？"

大熊笑开了，就像一个人遇到了知音的那种感动的笑。

这时，皮皮从屋顶飞下，栖在课室外面的窗台上，学着大熊说话的调调，羞涩地说："原来是你！原来是你！"

我躺在床上，抱着毯子，梦着笑着。

很久很久以前，我听过一个好可怕的传说。听说，人睡着之后，灵魂会离开身体，飞到梦星球去。在那儿做梦。梦星球上有一棵枝桠横生，形状古怪的大树，做梦的灵魂都会爬上那棵树。要是从树上掉了下来，那天做的便是噩梦。要是能够爬上去，坐在树枝上，那天做的便是好梦。

灵魂做完了梦，便会回家去。然而，万一那个人睡着时给人涂花了脸，他的灵魂回去时就会认不出他来，无法回到身体里，只好又回去梦星球那儿一直待着。

那时候，我很害怕睡着时给人涂花了脸，从此没有了灵魂。所以我小时都是脸埋枕头里趴着睡。然而，这天晚上，我做着的虽然只是白日梦，我倒希望灵魂不要把我认出来，在那个梦星球上多留一会。那么，白日梦也许会变成一个真的梦。

但是，大熊已经不会再跟踪我了。我突然觉得寂寥，我的灵魂好像也有点空虚的感觉。他不跟踪我，但我们还是可以"相遇"的啊。我心里一亮，想起了游戏机店。

20

　　这一天,我在大熊常去的那家游戏机店玩《丧尸》,不断投币,中枪惨死了无数回,给那些像一堆腐肉的丧尸,还有狼狗、蝙蝠和毒蜘蛛不停袭击,从来没有瞄准过一枪。我不时朝门口看去,没见到大熊。他今天会来吗?要是他来了,我便可以假装在这儿碰到他。他在学校里好像刻意躲我。我跟他说话时,他眼睛没望我。明明故意投出四个坏球让我走,为什么又突然变得那么陌生?

　　相反,给我拒绝的星一像个没事人似的,看见我时,脸上挂着一个毫无芥蒂的微笑。我的拒绝真的那么不使人伤心吗?还是他的风度比谁都好?在他面前,我有时觉得自己简直就是野人,只有同样是野人的大熊跟我是同类。

　　我望向门口,大熊没出现。我在"猫毛书店"租了他看过的那六本书,花了两个夜晚拼命啃。除了那本《如何令你的鹦鹉聪明十倍》之外,其他的都看得我晕头转向,觉得自己是个笨蛋。那本《古怪博士的五十二个逻辑》里,有两个问题把我弄得一头烟。

问题一：一只失恋的小蜗牛喝醉了，它想从一条长一百公分的隧道的一端爬到出口的另一端，然后跳崖殉情。每秒钟它往前走三公分又往后走二公分。这只多情的小蜗牛要多久才走到隧道的另一端？（答案不是一百秒）

问题二：有一个女孩和她喜欢的男孩比赛跑一百公尺。女孩跑过终点时，男孩还在九十五公尺处，所以女孩跑赢男孩五公尺。

"你输了！你要跟我恋爱！"女孩兴奋地对男孩说。

"再跑一次可以吗？我真的不想跟你恋爱！"男孩拼命请求女孩。

"那好吧！"女孩尽量不显出伤心的样子，甚至还大方地对男孩说，"这一次，我让你五公尺。要是你输了，你得和我恋爱！"

"太好了！这次我一定会赢的！"男孩激动地说。

女孩从起跑线后五公尺处起跑。比赛一开始，男孩像脚底抹油似的拼命跑。如果他们两个人跑的速度和前一场一样，谁会赢第二次比赛？（答案不是平手）

这是什么数学问题嘛？作者"古怪博士"一定是个女权分子，同时又是个悲观主义者和偏执狂，否则，失恋的小蜗牛为什么必须跳崖殉情呢？女孩又为什么非要跟那个不认输的男生恋爱不可？

这时，我刚刚避过一条胖丧尸的子弹。我转头望向门口，发现大熊刚刚走进来。他已经看见我了，我连忙装出一副我也很诧异的样子。

"你又跟踪我?"他说。

"我没有。是我在这儿看见你进来的,是你跟踪我吧?"我反驳他。

"我没有。"他连忙说。

"那你为什么会在这里?"

"我常常来。你又为什么会在这里!"

"这里又不是只有你才可以来。"我冲他说。

他突然望了望我那台游戏机的屏幕,满脸狐疑地说:"你玩得很差劲。"

"今天比较倒霉。呃!我明白了。"我眼睛朝他眨了眨。

"明白什么?"他好奇地问。

"因为倒霉,所以才会在这里遇到你。"

他好像相信了我的话,我这下真的是连消带打。

我忙着跟大熊说话,那一枪又射失了。大熊抬头四处张望,但是,店里挤满人,每一台游戏机都给人霸占着。

"你帮我玩吧。"我说着把位置让给他。

"你不玩了!"他很感激的样子,连忙接着玩下去。我替他拿着书包。

"我已经玩了很久。"我特别强调这一点,证明我没有跟踪他。然后,我退到他旁边,看着他玩。

结果,我全程都只能赞叹地半张着嘴。大熊潇潇洒洒就控制全局,闯完一关又一关。把那些丧尸、狼和怪物全都杀掉,还救了几个给丧尸追杀的人,店里的人都围在他身后观战,我就像个沾了光的同伴似的,很威风。

最后,他登上了积分排行榜的榜首。

"很厉害呢。"我说。

他转过头来看到我,脸上有些诧异,冲我说:

"你还在这儿!"

他竟然一直没发觉我在他身边。这种忽视,太让人伤心了。

"我走了。"我幽幽地说,朝门口大步走去。

"呃,郑维妮!"大熊在背后叫我。

我连忙转过身去,满怀希望问他说:

"什么事?"

他望着我,脸上带着抱歉的神情。

"说对不起吧!大熊!说你不该忽视了我。"我眼睛朝他看,心里默念着。

"你拿了我的书包。"他说。

我低头看看,他那个大石头书包果然在我手里,原来我一直拿着。

我把书包用力丢给他,他赶忙接住。

"熊大平,你很讨厌我吗?"我忍不住问他。

"我没有。"他回答,有点不知所措。

"真的没有!"我瞥了瞥他。

他摇了摇头。

"那么,我们去庆祝吧。"我说。

"庆祝什么?"他把书包甩上背。

"庆祝你今天登上了积分榜第一名。"

"不太方便吧?"他结结巴巴地说。

"你又不是女生,为什么会有不方便!"

"你去找星一吧。"他一副代朋友出头的样子。

"我为什么要找星一?"我咬咬牙,盯着他看。

"星一喜欢你。"他说,脸上没半点妒意。

"他跟你说的?"

"他没说。"

"那是你替他说喽?"我恨恨地问他。

"不,不是。"他连忙否认。

"那你有什么证据说他喜欢我?"

"那天上体育课,他要我投四个坏球给你,应该是喜欢你吧。"他耸耸肩。

"球是你投的。"我说,"况且,你们根本没说过话。"

"投手和捕手之间,是有暗号的。"他说。

我呆了半晌,想起在电视上看过的排球比赛,那些球员不是时常在背后用手势打暗号吗?我真笨,没想过垒球也有暗号,怪不得星一那天叫我不要望他,他是在跟大熊打暗号,所以投球一直投得很好的大熊才会失准,投出四个坏球。我还以为是他故意把我送上一垒。

"熊大平,你以为你是谁,你可以帮我决定我喜欢的人吗?"我沮丧地看了他一眼,不等他说话,转身就走。

跟"古怪博士"一样,我说不定也是个偏执狂,否则,我为什么会喜欢大熊?他根本不认识我,我也一点都不认识他,我早该猜到,他绝对不会那么细心让我四球。

离开游戏机店之后,我没精打采地一直走一直走。到了拐弯处,我放慢步子,一边走一边从肩膀朝后瞄。我就知道会失望。大熊不在后头。我为什么竟然以为他会跟着我?那不过是我自己的幻想罢了,既无聊也注定会落空。

"大熊,我想放弃!"夜里,我躺在床上,望着墙上那张地图,标示北极的是一头懵懂的北极熊。就在这刻,阿瑛的那句话突然浮上了我的心头。她不也是首先喜欢小毕吗?她甚至不确定,小毕是不是因此才喜欢她。

首先喜欢一个人，就像是你首先发现这个世界美好的一面，那又何须惆怅？

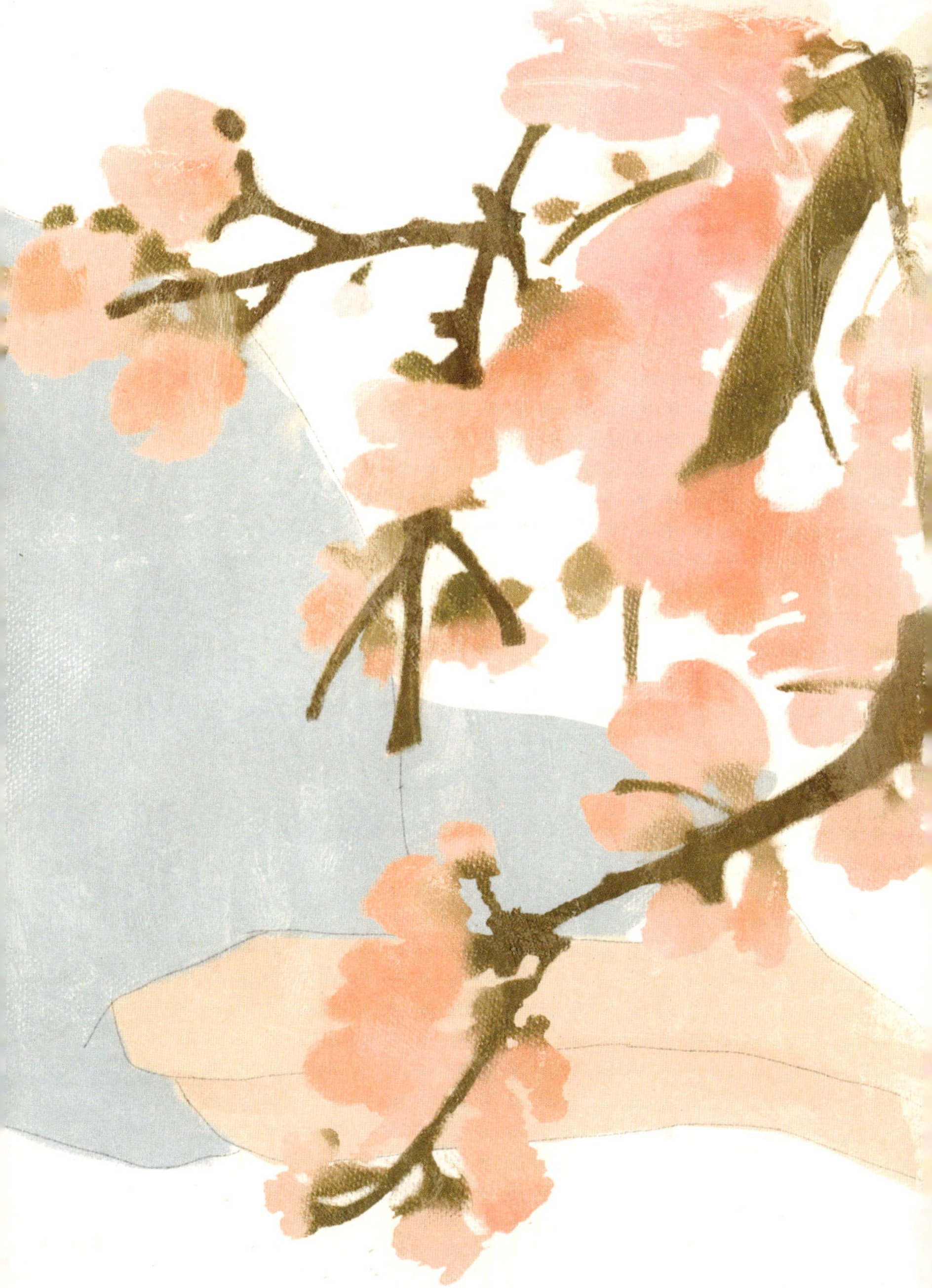

21

第二天黄昏的时候,我抱着书包,坐在通往男童院山坡的麻石台阶上等大熊。台阶的罅隙长满了杂草,我把杂草一根根拔掉,一面数着:"他喜欢我。他不喜欢我。"

等到我差不多把那儿的杂草全都拔光,忘了他到底喜不喜欢我的时候,大熊终于回来了。

"你为什么会在这里?"他带着惊讶的神情问。

我从台阶上站起来,瞥了瞥他,说:

"星一说他不是喜欢我。"

他怔在那儿,好像觉得很奇怪。

"他要你跟踪我,又要你让球给我,这些事他自己都可以做,难道你还不明白吗?"我停了一下,说,"他在帮你追我。"

他呆了半晌,说:

"不会吧?我没说过喜欢你。"

"他看出你心里其实喜欢我。"

"不是吧？"他的脸陡地红了起来。

"他不说，我也不知道。"我一副羞人答答的样子。

"星一真的这样说？"他半信半疑。

我用力点头，告诉他：

"他觉得我们很衬。"

"呃……我不觉得。"

可恶的大熊，真的太伤我自尊心了。我惟有装出一脸冷傲说：

"我也不觉得。"

听到我这样说，他好像大大松了一口气。

"不过——"我说，"既然他一番好意，我们就试试一起吧，反正你也说过，你不讨厌我。"

看到他一副百词莫辩的样子，我心里觉得好笑。我就知道，大熊是那种好欺负的男生，会因为觉得不好意思而不敢拒绝女孩子。要是我这时突然跳到他身上搂着他，他也只会满脸羞红地说：

"呃……你……你别这样……真是怕了你。"

但是，这一刻，我还是很矜持地站在台阶上，看着不知所措的他。每个人都有第一次，大熊说不定终于会第一次拒绝别人。为了要他心甘情愿，我突然想起了"古怪博士"那个女孩和自己喜欢的男孩比赛跑一百公尺的数学题。

"熊大平——"我说。

"呃？什么事？"

"我们来比赛吧。"

"比赛？"

"要是你输了，你要和我恋爱。"

"什么比赛？"他一脸好奇。

我当然不会跟大熊赛跑，我没可能赢他。

"先有鸡，还是先有蛋？要是你答对，便不用跟我恋爱。"我说。

他几乎忍不住打从心底里笑出来，说：

"这就是比赛题目？"

我点头。

"根本没有答案。"他说。

"为什么？"我问他说。

他自信满满地回答说：

"这是数学上所谓的'无限回复'，就像 π 后面的小数点永远除不尽。先有鸡？不对，鸡是由蛋孵出来的；先有蛋，也不对，蛋要有鸡才能生出来。所以，答案就是没有答案。"

"错！"我向他宣布。

"错？"他不服气。

"放心，我会给你一点时间。从明天起的三天之内，你要给我答案。你不能只说答案，否则便很容易猜中。答案必须有合理的解释。要是你答不出来，我会把答案告诉你，那就代表我赢。"我说。

"到时你没答案，那怎么办？"他也不笨。

我拾起地上的书包，一边走下台阶一边对他说：

"我的答案会让你心服口服。"

他深信不疑，一副懊恼的样子。

我灵光一闪，停下来，转头跟他说：

"这样吧，这三天，我们每天晚上六点钟在租书店对面的小公园见面，每一天，我会给你一个提示。"

"好。"他竟然爽快地答应。

我猜得没错，其他的诱惑对大熊也许不管用，但是，要他解开一个谜题，他是没法抗拒的。这个傻瓜，为了解谜，他甚至会不惜冒上失身的危险。

这三天之内，他脑子里只会有鸡和鸡蛋。三天之后，即使他准确无误地说出答案，我也还是赚到三天跟他约会的时光。要是星一把跟踪当成礼物送给我，那么，这三天便是我送给自己的礼物；纵使我并没有必胜的把握。

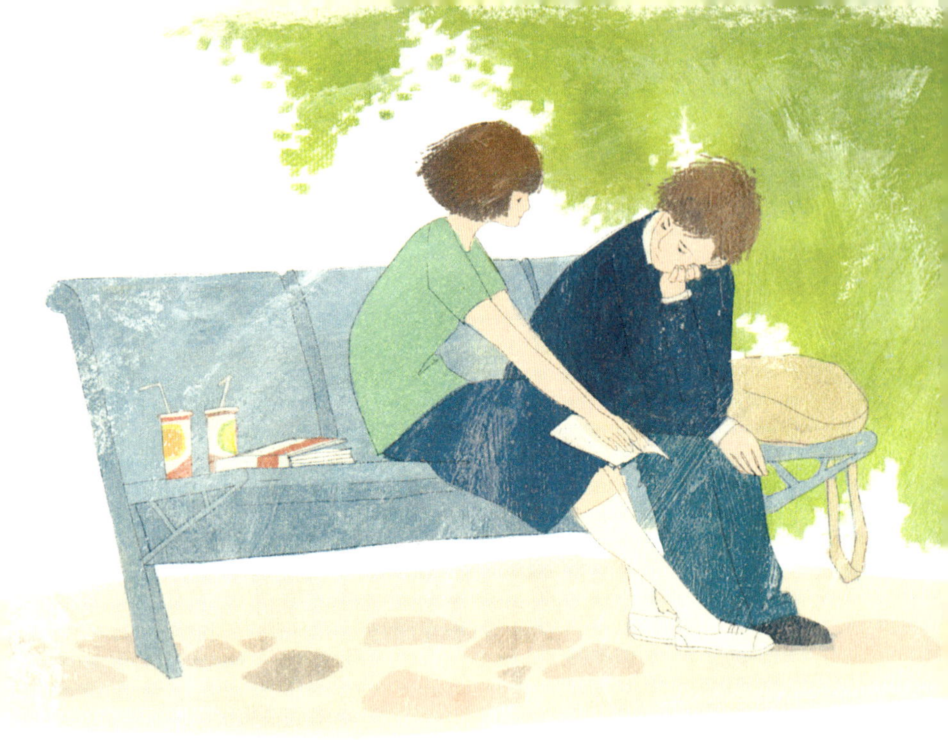

第 二 章 ｜ 三 天 之 约

1

第一天。

前一天晚上,我本来已经选好了这天要穿的衣服。然而,放学之后回到家里,把衣服套在身上,望着镜中的自己,我突然发觉今天整个人的状态、脸色、气质、眼神、侧影、背影,还有咧嘴而笑、羞人答答的笑、梨涡浅笑的样子等等各方面,穿起这身衣服都不好看。天啊!我为什么会买呢?

我只好从头再挑衣服。可是,试了一大堆衣服之后,我最后还是穿上我常穿的一件胸前有图案的绿色汗衫、牛仔短裙和一双白布鞋出门。临行前抓了一本杂志塞进布包里。

六点正,我来到小公园,绕着小喷泉踱步。泉水哗啦哗啦地飞落,我觉得自己的心好像也扑通扑通地跳。这时,一颗水珠溅进我眼里,我眨了眨眼睛,看到老远朝我走来的大熊。我连忙望着另一边,又低头望了望地下,假装我没看到他。

等到他走近,我才抬起头,好像刚刚发现他的样子。这是我和大熊第一次的约会，他身上还穿着校服，罩上深蓝色的套头羊毛衫，背着那个大石头书包，白衬衫从裤腰里走了出来。

"我想到了！"他胸有成竹地说。

"答案是什么？"我问他说。

"先有鸡。"他说。

"为什么？"

"你没看过《侏罗纪公园》吗？鸡是由恐龙进化而成的。"

"呃？"

"恐龙是许多鸟类的始祖，鸡也曾经是鸟吧？恐龙族中有一种体积最小的飞龙，样子很像鸡。冰河时期，恐龙族为了生存下去，体积不断缩小，原本的四只爪变成两只爪，然后就变成我们现在吃的鸡。"他说时一副信心十足的样子。

"错！"我禁不住咧嘴笑了。

"为什么？"他一脸不服气。

"那并不能证明先有鸡。恐龙不也是从蛋孵出来的吗？那么，到底是先有恐龙还是先有恐龙蛋呢？况且，鸡由恐龙进化而成，也只是一个传说。"我说。

他皱着眉苦思，却又无法反驳我。

"那么，提示呢？"他问我。

"我肚子饿，我们去吃点东西再说吧。"我把杂志从布包里拿出来，翻到折了角的一页给他看，说：

"这里介绍一家新开的'古墓餐厅'，学生有优惠呢！"

"古墓？"他怔了一下。

"你害怕吗？"

"才不会。"

"那么，快走吧。"我走在前头说。

"古墓餐厅"在地底，地面有一条陡斜阴暗的楼梯通往餐厅。我和大熊走下涂敷灰泥的梯级，梯级两旁粗糙的墙壁上挂着电子火炬，微弱的光仅仅照亮着前面几步路，一阵阴森森的气氛袭来。

终于到了地底，那儿有两扇灰色圆拱形对开的活板门，上面锈迹斑驳，布满蜘蛛网，门廊上俯伏着两只样貌狰狞的黑蝙蝠，跟真的很像。接待处是一块覆满了灰色苔藓的长方形石碑，上面刻着"古墓"两个字。一男一女的接待员身上穿着祭司的束腰黑长袍，头罩黑色兜帽，两个人都有隆起的驼背，腰上同样挂着一个半月形的金属块，看来像护身符。

那位女祭司脸上罩着乌云,冷冷地问我们:

"两位是来盗墓吧?"

"呃?"我和大熊同时应了一声,又对望了一眼,然后像捣蒜般点头。

"跟我来。"女祭司的声音依然没有半点感情,从石碑后面拿出一个电子火把微微高举起来。

她推开活板门,门嘎吱嘎吱地响,里面黑天黑地的,全靠火把照亮。我和大熊紧紧跟着她。

活板门后面是一条古怪的隧道,地砖长出杂草,枯叶遍布。龟裂的石墙上有忽长忽短的鬼影晃动,裂缝中映射出诡异的蓝光。

"你为什么挑这么黑的地方来?"大熊跟我说话,回音久久不散。

"我怎知道这么黑?"我听见了自己的回音。

隧道的尽头微光飘逝,传来凄厉幽怨的一把女声,唱着令人

毛骨悚然的歌。

"你猜她的驼背是真的还是假的？"我指了指前面女祭司的背，小声问大熊。

"不知道。"他小声回答。

我好奇地伸出食指轻轻戳了女祭司的驼背一下。

"哎哟！"她突然惨叫一声。

"呜哇！"我尖叫，跟大熊两个人吓得同时弹了开来。

那个手持火把的女祭司转过头来，脸孔缩在帽兜里，阴沉沉好像找晦气似的，盯着我和大熊，说：

"假的也不要乱戳嘛！"

我吐了吐舌头，朝大熊笑了笑，他正好也跟我笑。我们还是头一次那么有默契。

穿过迂回的隧道，终于进入墓室。这儿坐满了客人，笼罩在紫蓝色暗影中的陌生脸孔看起来都有点诡异。我嗅到了食物的香味，抬头看到圆穹顶上倒挂着更多龇牙咧嘴的黑蝙蝠，像老鼠的小眼睛会发光似的。没窗户的灰墙上绘上奇异的壁画，全都是长了翅膀的男人、女人和怪兽。蓝焰飘摇的电子火炬悬挂壁上，墙身的破洞栖息着一只只栩栩如生的猫头鹰，全都瞪着一双惊恐的大眼睛，好像看见了什么可怕的东西。

墓室中央隆起了一个黑石小圆丘，看来便是陵墓。陵墓旁边搁着一个生锈的藏宝箱：装着骸骨、珠宝和剑。

驼背女祭司领我们到一个正立方体的黑石墓冢，那就是餐桌。然后，我们在一张有如墓碑、背后蛛网攀结的黑石椅子上坐了下来。这时，一个作祭司打扮的男服务生如鬼魅般贴着墙缩头缩脑地走来，丢给我们一张蝙蝠形状的黑底红字菜单，一脸寒霜地问我和大熊：

"点什么菜？"

在这里工作有个好处，就是不需要对客人笑。

我们就着壁上火炬的微光看菜单。我点了"古墓飞尸"，那是石头烤鸡翅膀。大熊点的"死亡沼泽"是墨鱼汁煮天使面。我们又各自要了一杯"古墓血饮"，那是红莓汁。

祭司腰间那个半月形的金属块原来是点火器，男祭司用它来点亮了我们墓冢上那个灰色蛛网烛台。

"你为什么由得鹦鹉在屋里乱飞？"我问大熊。

"皮皮喜欢自由。"他笑笑说。

"它是什么鹦鹉？"

"葵花。"他回答说。

这时，我们要的"古墓血饮"来了，装在一个瞪眼猫头鹰形状的银杯子里，颜色鲜红如血。我啜了一口，味道倒也不错。

我舐了舐嘴边的红莓汁，问大熊：

"皮皮会说话吗?"

他摇了摇头。

我读过那本《如何令你的鹦鹉聪明十倍》,原来,并不是每一种鹦鹉都会说话。但是,葵花鹦鹉一般都会说话。

大熊啜了一口"血饮",说:

"皮皮是聋的。"

"聋的?"我怔了一下,问大熊,"那你为什么会买它?"

"是买回来才知道的,受骗了。"

"你为什么不退回去?"

"退了回去,别的客人知道它是聋的,没有人会要它。"大熊说,然后又说:

"皮皮其实很聪明。"

"你怎样发现它是聋的?"

"我教它说话教了三个月,每一次,它都拼命想说出来,却什么也说不出来,只是可怜巴巴地望着我,嘎嘎嘎地叫。于是,有一天,我对着它的耳朵大叫一声,它竟然一点反应都没有。后来我带它去看兽医,兽医说它是聋的。"

"会不会就是你那一声大叫把它的耳膜震裂了?"我说。

"不会吧?"他傻气地愣了一下。

"你觉不觉得这个古墓好像阴风阵阵?你冷不冷?"我问他

说。喝了半杯"古墓血饮"的我，手臂上的寒毛都竖了起来。

大熊摇了摇头。

"那么，你的羊毛衫借我。"我说。

"呃？这件？"他迟疑了一下。

"要是我明天感冒，没法跟你见面，便没法给你提示了。"

他只好乖乖把毛衫脱下来给我。

我把他的毛衫套在身上，虽然松垮垮的，却还留着他的余温。我的身体暖和多了。

"对了，你说过给我提示。"大熊期待的眼睛望着我。

"菜来了，好像很好吃的样子呢。"我岔开话题。

一个脸色异常苍白，挂着两个黑眼圈，好像昏死了四百年，刚刚尸变的男祭司把我们的菜端来。"古墓飞尸"盛在一个深口石碗里，飘着古人用来驱鬼的蒜香。"死亡沼泽"盛在一个浅口大碗里，浓浓的墨鱼汁比我和大熊的头发还要黑。

大熊把那个蛛网烛台拿起来。一朵蓝焰在他眼前飘摇。

"你干吗？"我问他。

他皱着眉说："我看不清楚自己吃的是什么。"然后，他就着烛光研究他那盘墨鱼面。

"你根本不会看得清楚，谁要你叫这个'死亡沼泽'？"我没好气地说。

他只好把烛台放下,不理那么多,用叉把面条叉起来塞进口里。

"你为什么会住在男童院里?"我一边吃一边问大熊。

"我爸爸是院长。"他说。

"那么,你是在男童院长大的喽?"

大熊点点头。

"但是,他们不都是问题少年吗?"我问他。

"他们本质并不坏。"他说。

"那么,你在院里是不是有很多朋友?"

"院童不会在院里一直住下去的,跟我最要好的那几个已经离开了。他们有的继续读书,有的在理发店当学徒。"

"就是那个山鸡箭猪吗?"

"山鸡箭猪!"他怔了怔。

"帮你做头发的那个,他的头发不是一根根竖起来吗?"我用手在头上比着。

"呃,他叫阿朱,姓朱的朱。"大熊低着头,一边吃面一边说。

我悄悄望着他,突然明白大熊为什么那么重视朋友,甚至愿意为朋友吃亏。他的成长跟别人不一样。院长的儿子跟院童要成为朋友,大家都要掏出心窝才可以吧?

"你是独生子吧?"我问他。

"你怎么知道?"

"我能够嗅出那种气味来。"我说。

"什么气味?"大熊好奇地望着我。

"秘密。"我眨了眨眼睛说。

与其说是秘密,倒不如说,那个也是我的愿望。十六岁的爱情,都会在对方身上努力找出共通点,把小小一个共通点放大、放大,再放大,直到无限大,然后兴奋地跟对方说:"我们多么相似!"仿佛这个世界上没有别的独生子似的。

"你也是独生儿吗?"大熊问我。

"本来不是。"我说。

"什么叫本来不是!"他怔了一下。

"我原本是双胞胎,有一个比我早七分钟出生的姊姊,但她出生不久就夭折了。我常常想,要是她没死,这个世界上便有两个我,长得一模一样,她可以代替我去上学和考试。但是,长大之后,我们会过着不一样的人生,大家喜欢的男生也许不一样。我有时觉得,她好像还在我身边,并没有死。她甚至会跟我聊天。"我告诉大熊。

大熊很同情地看着我,不知道说些什么安慰的话才好。

我咯咯地笑了起来,说:

"骗你的!"

受骗的他露出尴尬的神情。他真的太容易相信别人了。

"我跟你一样，是独生孩子，所以我能够嗅出谁是同类。至于怎样嗅出来，可是我的秘密。"我朝他笑笑说。

我拥抱着那个"秘密"，把面前那盘"古墓飞尸"吃光。第一次约会的女孩，实在不该吃这么多。

从"古墓"出来，星星已经在头顶了。我肚子撑得饱饱的，嘴唇给红莓汁染得红彤彤。大熊的嘴唇却是黑色的，都是墨鱼汁的缘故。

我在点点星光下读着手里的两张优惠券，一边走一边说：

"真好，还送集团旗下另一家餐厅的优惠券呢，我们明天去这一家试试吧。"

我转头跟大熊挥挥手，说：

"明天记着准时在小公园见，再见了。"

"呃，你还没给我提示。"他追着我问。

"世界上到底有没有鸡呢？"我说。

他等着我说下去。当他发觉我嘴巴没动，他失望地问我：

"这就是提示？"

我点了两下头，甩着手里的布包，跟他说：

"明天见。"

他苦恼地杵在星光下。

等我上了车，我才发现他的羊毛衫还穿在我身上。我把衫脚

翻过来,
看见左边缝了一条深蓝色的小布条,上面用灰线缝上品牌的名字,是我们学生常用的便宜的进口货。我突然想到了一些什么。

那天晚上,我把大熊的羊毛衫从里面翻出来,拿出针线,彻夜用一根红线小心翼翼地在小布条的背后绣上我的英文名字的第一个字母"W"。这样,大熊整个冬天,甚至明年和后年的冬天,都会穿着有我名字的羊毛衫,这一切会神不知鬼不觉。我不用灰线或蓝线而用红线,是故意给大熊留下一点线索。也许有一天,他会无意中发现布条上的红色"W"字,会想起我,然后既感动又惭愧地说:

"原来郑维妮这么喜欢我,我熊大平这个猪头凭什么!"

2

第二天。

五点五十分,我把大熊的羊毛衫塞进布包里,从家中出发到小公园去。大熊还没来,我一边荡秋千一边等他。我愈荡愈高,荡到半空的时候,看到他老远朝我跑来,每当我往前荡高一些,他便接近我一些,然后再接近一些,终于来到秋千架前面。

"我想到了!"他仰着头跟我说。

"答案是什么?"我荡下来问他。

"先有鸡。"他肯定地说。

"为什么?"我荡上半空。

"圣经说的。"他又抬起头来对我说。

"圣经说先有鸡才有鸡蛋?"我缓缓慢下来,一只脚踩在地上,然后另一只。

"圣经说,上帝用了六天创造世界。就是在第六天,上帝造了鸡。"大熊说。

"圣经哪有说上帝造了鸡,你以为我没读过圣经吗?"

"圣经说:'上帝造出牲畜,各从其类',鸡是牲畜,所以先有鸡。"他脸上露出胜利的微笑。

"错。"我从秋千上走下来,咧嘴笑了。

我又赚了一天。

"为什么错?"大熊不服气地问。

"圣经只是说上帝创造了牲畜,可没说是鸡。"我说。

"鸡明明是牲畜。"他反驳。

"我问你,骡子是怎么来的?"没等他回答,我接着说,"是马和驴杂交而成的,对吧?天地之初,根本就没有骡子,是后来才有的。所以,上帝是造了牲畜,但上帝不一定造了鸡,起初也许没有鸡。"

他看着我,张着嘴想说什么,终于还是沮丧地闭上嘴巴。

"昨天忘了还给你。"我从布包里掏出那件羊毛衫丢给他,大熊不虞有诈,把羊毛衫往身上套。

"那……请你给我提示吧。"他低声下气求我。

"我肚子饿,不吃饱绝对没法给你提示。我们去'十三猫'好吗?"

"什么'十三猫'?"他一头雾水。

我摸出昨天送的优惠券在他面前扬了扬,说:

"是跟'古墓'同一个集团的。"

"为什么他们的餐厅都这么古怪?"他一边走一边咕哝。

"古墓"在地底,"十三猫咖啡室"却在天上,它在一幢商厦的顶楼。既然不在十三楼,为什么又叫"十三猫"呢?

我和大熊乘电梯到了顶楼,电梯门一开,我看见两只波斯猫,一只金色毛,一只银色毛,是人扮的。金的是猫女,她戴着毛茸茸、金光灿烂的猫头套,两只小耳朵竖起,眼皮涂上厚厚的银蓝色的眼影膏,眼睫毛长长的,两边脸颊画了几根白色的猫须,身上穿着金色紧身衣,手上戴着猫爪手套,脚上踩着金色皮靴。银色的是猫男,同样戴着猫头套和猫爪手套,涂了一张猫脸,只是猫须更长一些。猫男身上穿着银色的燕尾服,长长的尾巴摆在身旁,胸口有一撮银狐似的毛,脚上踩着一双银色皮鞋。

猫男和猫女手支着头,手肘懒懒地抵住那个猫脸造型的接待柜台。当我们进来时,他们正用人话交谈。

我和大熊走上前。

"喵呜……喵呜……"猫男和猫女冲我们像猫儿般叫。

我和大熊对望了一眼,也只好对他们两个"喵呜!喵呜!"

"是来吃猫饭吧!"猫女娇滴滴的声音问。

"会不会真的吃猫吃的饭?"大熊问我。

"不会吧?"我说。

猫女从柜台走出来,领我们进咖啡室去。她也有尾巴,不过却是像一球金色的小毛团似的黏在屁股上。她优雅地走着猫步,黑石地板上印着一个个梅花形的白色猫掌印,猫女好像总能够踩在那些掌印上,不像我和大熊般乱踩。

餐厅挑高的圆拱形天幕蓝得像夜空,布满大大小小闪烁的繁星,中间藏着一双双亮晶晶的猫儿眼,有的又圆又大,有的呈狭长形,有的滴溜溜像玻璃珠,有的神秘莫测,有的很慵懒,像刚睡醒似的。

我们在一张小圆桌旁边坐了下来,木椅子的椅背是一只虎纹猫蹲坐的背影,七彩缤纷的桌面像鱼缸,画上了猫儿最爱的各种金鱼,还有水草和珊瑚。

一个黑猫打扮,四蹄踏雪的女服务生走来,放下两张猫脸形的菜单,冲我和大熊"喵呜"了一声。

"喵呜!"我和大熊同声应着。

菜单上果然有"猫饭""猫面""猫鱼""猫不理布丁""猫思春""猫妒忌""猫眼泪"等等奇怪的菜名。我和大熊都要了猫饭,那是日式鲑鱼卵拌饭,是我们的至爱。大熊点了一杯"猫妒忌",是猫儿不能喝的冰巧克力。我糊里糊涂,竟然点了一杯"猫思春",我怀疑是潜意识作怪。

餐厅里星星眨巴眨巴,落地玻璃窗外面也有一片缀满星星的、真实的夜空。来这里的都是年轻人,一双一对的,我和大熊看起来大概也像情侣吧?

"这里为什么叫'十三猫'?"我问"四蹄踏雪"。

"四蹄踏雪"伸出雪白的猫爪指着天幕,神秘兮兮地说:

"天幕上总共有十三双猫儿眼,不过,有的客人会数出十四双来,又或者是十三双半。"

我和大熊不约而同抬起头数数一共有多少双猫眼睛。

"为什么我会数到十四双半?"我吃了一惊,问大熊。

"是十三双没错。"他以近乎权威的口吻说。数字是他的专长。

"四蹄踏雪"用一支毛茸茸的猫爪笔写下我们要的菜,然后踩着猫步走开。她的尾巴是一球黑色小毛团。

我再数一遍天幕上的猫眼睛,当我数到第八双的时候,大熊突然说:

"你昨天说,你

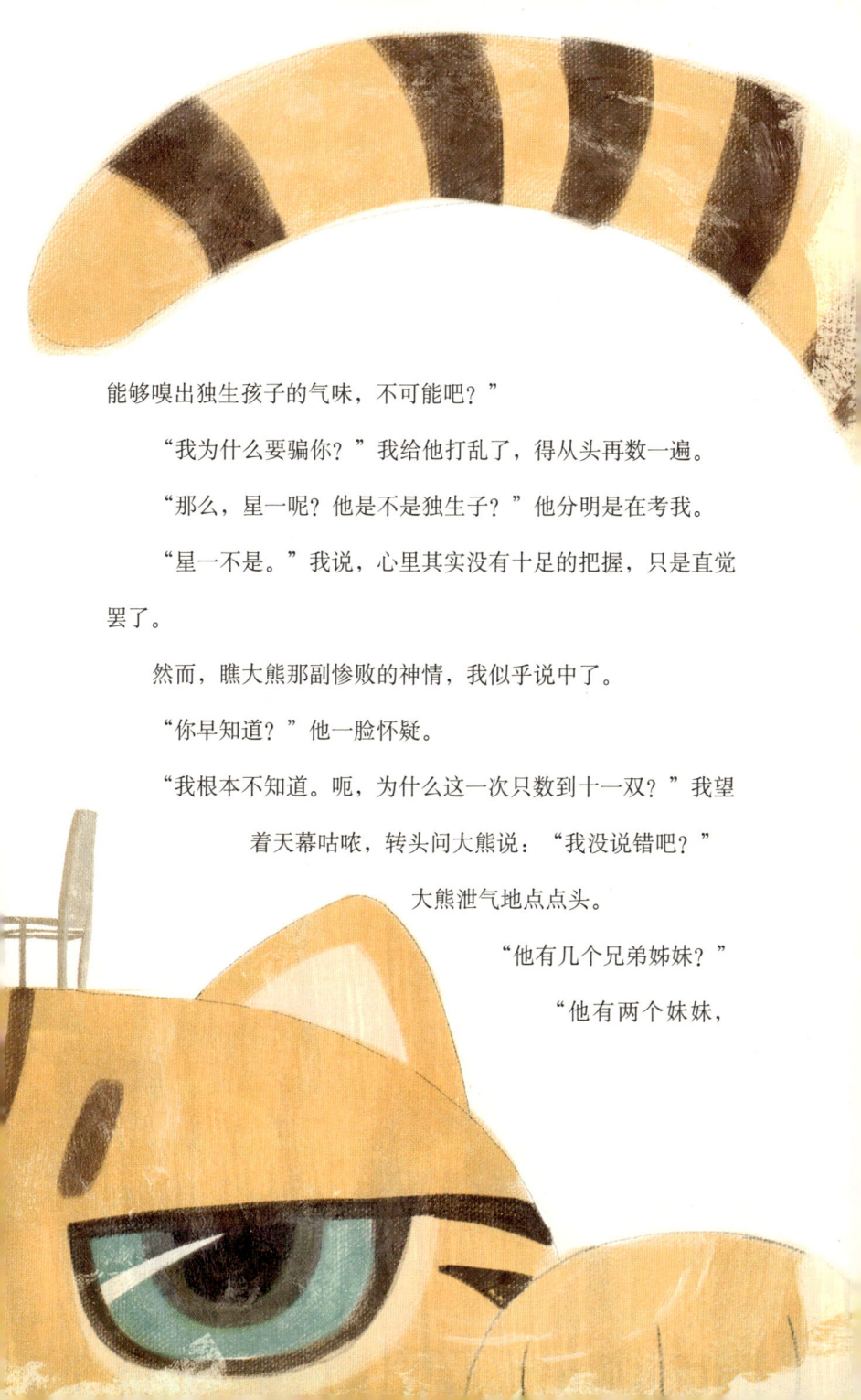

能够嗅出独生孩子的气味,不可能吧?"

"我为什么要骗你?"我给他打乱了,得从头再数一遍。

"那么,星一呢?他是不是独生子?"他分明是在考我。

"星一不是。"我说,心里其实没有十足的把握,只是直觉罢了。

然而,瞧大熊那副惨败的神情,我似乎说中了。

"你早知道?"他一脸怀疑。

"我根本不知道。呃,为什么这一次只数到十一双?"我望着天幕咕哝,转头问大熊说:"我没说错吧?"

大熊泄气地点点头。

"他有几个兄弟姊妹?"

"他有两个妹妹,

刘星三和刘星五。"大熊说。

"为什么没有刘星二和刘星四？"我觉得好奇怪。

大熊好像觉得我的问题很惹笑，他歪嘴笑着说：

"可能他爸爸不喜欢双数。"

我觉得他的回答才真惹笑，我忍不住笑出声来。看到我笑的他，也露出咯咯大笑的傻样。当"四蹄踏雪"端来"猫思春"和"猫妒忌"，冲我们"喵呜"一声时，我和大熊也只能边笑边"喵呜喵呜"。

"猫思春"原来是一杯颜色鲜艳的杂果冰。我啜了一口止笑，问大熊：

"那时你给学校开除，你爸爸是不是很生气？"

"你怎知道我给学校开除？"他怔了一下。

"你偷试题的事，在网上流传了很久。"我惟有胡扯。

"呃？是哪个网？"

"互联网。"我说了等于没说，又问他："你帮他偷试题的那个人是谁？"

"他是我在男童院里的朋友。"

"你考试时把试卷借他抄，不就可以了吗？"

"我坐在第一行，他坐在第五行，怎么抄？"大熊说。

"那你平时没教他数学的吗？"

118

"我天天都替他补习,但他没信心会合格。"

"所以只能去偷?"

大熊点点头说:"他妈妈患了重病住在医院里,他想拿一张全部合格的成绩单给她看。"

"偷试题的那天晚上,你真的看到一个男老师和一个女老师在教员室里亲热吗?"

他傻傻地愣了一下,说:

"网上连这个也有说?"

我猛点头,问他:"当时发生了什么事?"

"他们两个在教员室里,灯也没开。我们带着手电筒进去,没想到会有人在。我一开手电筒,就看见女的坐在男的大腿上,吓了我一大跳。他们好像也给我吓了一跳。"大熊说。

"你那个朋友就这样丢下你,自己一个人跑掉,不是太没义气吗?"我问大熊。

"是我叫他快点走的。他是因为偷东西而要进男童院的,绝对不能再犯。"

"所以你宁愿给学校开除也不肯把他供出来?"

我望着大熊,大熊啜了一口"猫妒忌",朝我笑了笑,那副稀松平常的样子,好像全不觉得这是什么伟大的事情。

"但是,那个校长也太过分了,为什么一定要把你赶走?"

我替大熊抱不平。

"她是我爸爸中学时的学姊。"大熊说。

"她追求过你爸爸,给你爸爸拒绝了,所以怀恨于心?"

大熊摇了摇头,说:

"她那时喜欢我爸爸的一个同学。"

"那跟你爸爸有什么关系?"

"我爸爸的同学问我爸爸的意见。"

"你爸爸说了她的坏话?"

大熊摇摇头说:

"我爸爸说了她的好话。"

这时,"四蹄踏雪"把两盘盛在猫脸形陶碗里的"猫饭"端来,冲我们"喵呜"一声。

"喵呜!"我把鱼卵跟饭和酱油拌匀,问大熊:"那她为什么恨你爸爸?"

大熊一边吃一边说:

"我爸爸跟那个人说:'你别看陈惠芳她长得像河马,人倒是不错的,挺聪明。'"

我几乎把口里的饭喷到大熊脸上去。

大熊歪嘴笑着说:

"那个人把我爸爸的话原原本本地告诉她,然后说:'熊宇仁这么不挑剔的人都说你长得像河马，对不起，我不能跟你交往。'"

"她什么时候发现你是你爸爸的儿子？"

"就是我偷试题要见家长的那天。"

"那岂不是父债子还？"

"这样也有好处。我爸爸觉得对不起我，没怪我偷试题。"大熊说。

"那个陈惠芳到现在还没结婚吧？"

"她结了婚，还生了两只小河马，一家四口的照片放在校长室里。"

"太可怕了！虽然找到幸福，还是没法忘记从前的一段血海深仇。"

"后来我才明白，为什么那天我跟爸爸离开校长室的时候，看见她抹眼泪。我还以为她太痛心我。"

"她是因为终于大仇得报！"我说。

"她没报警拉我，已经很好了。"心地善良的大熊竟然还替那个人说话，无仇无怨地把那碗"猫饭"吃光。

离开"十三猫"之前，我抬头再数一遍天幕上的猫眼睛，只数到十二双。

"为什么我数来数去都不是十三双猫眼睛？"我问大熊。

他故弄玄虚地说：

"有的猫眼睛看来像星星，有的星星看来像猫眼睛。"

他说话很少这么高深。

走到街上，我甩着手里的布包，抬头看着夜空上一闪一闪的星星，回想咖啡室天幕里到底有哪颗星星像猫眼睛。我原地转了个圈，转到大熊面前停下，跟他说：

"下次一定要再去数清楚。"

他望着我，神情有点腼腆，好像等待着什么。

"不用送，我自己回家好了。"我双手抄在背后，轻轻摇晃着手里的布包说。

"你还没给我提示。"他说。

原来他等的是这个。

"鸡蛋是不是鸡生的？"我说。

他头偏了一下，问：

"这就是提示？"

我点点头。

他皱着眉想了又想。

"你脸上粘着一颗饭。"我指了指他的脸，告诉他说。

他用手大力抹了右边脸一下。

"不是右边，是左边。高一点，再高一点，左边一点，低一点，呃！没有了。"我说。

他双手垂下，重又插在裤袋里。

向来粗枝大叶的他并没有把那颗饭抹走。他脸上根本就没有粘着饭，是我撒谎。不知道为什么，突然很想骗他，那就可以定定地、名正言顺地望着他，为这天画上一个难忘的句号。谁知道他明天会不会猜出答案？

"明天记着准时出现啊！"我一边从布包里掏出耳机戴上一边说。

走了几步，我把耳塞扯下来，转过头去喊他：

"喂，熊大平！"

"什么事？"跟我走在相反方向的大熊朝我回过头来。

"靠近咖啡室门口那儿是不是有一双小猫的眼睛？"我问他。

大熊可恶地冲我笑笑，一副他不打算告诉我的样子。

"哼！我就知道是！"我抬抬下巴，背朝他继续走我的路。耳机里传来徐璐的歌声，在夜色中缭绕。不管今夜有几双猫眼睛，我还是又赚了一天。

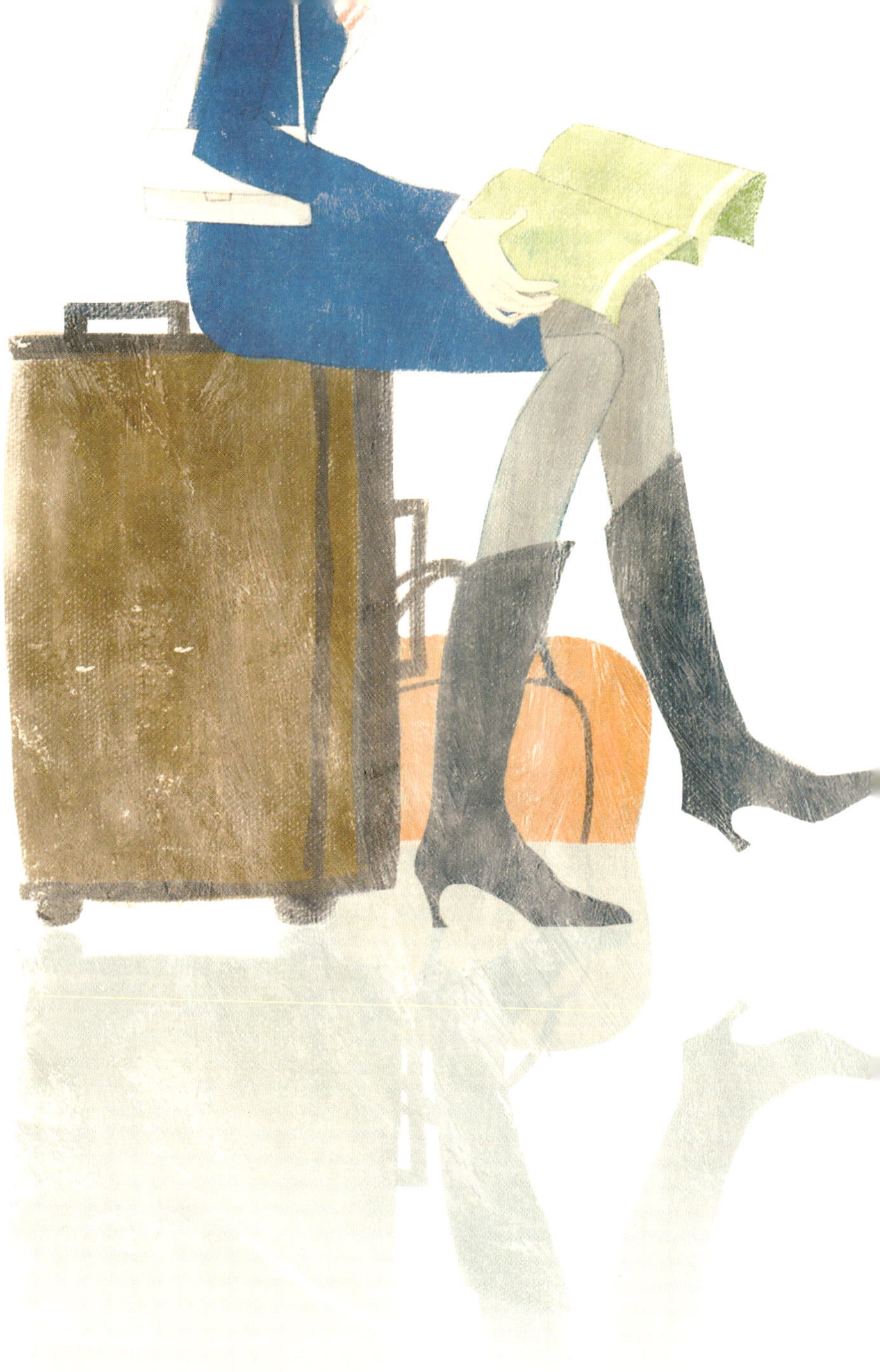

3

第三天。

这天终结之前,我和大熊的故事将会出现两个截然不同的版本。

版本一:

大熊答对了。因此,今天是我们一起的最后的一天。

许多年后,我终于当上了空服员,孤零零地一个人到处去。有一天,我在旅途上碰到一个刚相识但很谈得来的朋友。她问我:

"你的初恋发生在什么时候?"

"十六岁。"我回答说。

"维持了多久?"

"三天。"

"只有三天?"

"但是,就像三十年那么长啊!我到现在还记得。"

"你们为什么分手?"

"不就是因为鸡和蛋的问题嘛！"

"鸡和蛋？"

"这是我们之间的秘密。"

"是你甩了他？"

"呜……是他不要我。"

"他现在怎么样？"

"跟一个比我老比我丑的女人一起。"

"他一定挺后悔吧？"

"应该是的。"

"那三天，你们都做些什么？"

"我们去盗墓，吃古墓飞尸，喝血饮，又吃过猫饭……"

"天啊！你说你们吃什么？"那个人吓得一溜烟跑掉了。

"我还没说到第三天啊！"

版本二：

大熊答错了。因此，今天是我们第一天谈恋爱。

许多年后，我终于当上了空服员，常常拖着漂亮的行李箱到处去。这天，我刚刚下机，住进巴黎香榭丽舍大道的一家饭店。我在房间里打了一通电话回去香港。

"是大熊吗？我刚刚到了巴黎，现在看到巴黎铁塔啦。有没有想我？什么时候开始想我？我一上飞机就开始想我？真的吗？

想我想到什么程度？想得快疯了？你别疯，我过几天就回来。我有没有想你？我想你干吗？我才没有。说不定一会儿我会有艳遇呢！你知道法国男人有多浪漫吗？哪里像你！你记着衣服别乱丢，别只顾着打机，别忘了去我家帮我的花浇水。水别浇太多，上次都把我的花淹死了。你这个摧花手！信不信我杀了你的皮皮报仇！呃……还有，法郎兑港币多少？一百块等于几法郎？是乘还是除？你是我的计算器嘛！好啦，挂线喽。我待会要出去买东西。买什么？来巴黎当然要买性感内衣！穿给谁看？你说呢？色鬼！当然是穿给我自己看！怕了你，吻一下，拜拜。"

然后，我在"巴黎春天百货店"疯狂购物时，拨手机给大熊：

"七百九十八法郎兑港币多少？我不会算嘛！我在试鞋子，你说买金色好，还是买银色好，你看不见没法决定？你就想象一下嘛，两双鞋子都是一个款式，圆头浅口、平底的，漂亮得没话说，可以穿一辈子那一种。金色？金色不会太土吗？我觉得银色比较好？那为什么还要问你？我需要支持者嘛！好喽，我回饭店再打给你。你会不会睡了？你等我？那好喔。"

回到饭店，我洗了个澡，躺在舒服的床上，摇电话给大熊。

"你睡了没有？为什么还不睡？还在打机吗？我没跟她们去吃饭。有点时差，很累，没有，没有不舒服。我这边窗看到月亮，你那边有没有月亮？你也看到？太好了。巴黎的月亮很圆啊！大熊，你那时为什么喜欢我？我追你？我哪里有追你？你想跟我恋爱，所以故意说错答案吧，一定是这样没错。大熊，我不想飞了。是的，我是喜欢当空姐，但是常常要跟你分开……呜……呜，我没事，我没哭。大熊，假如有天我遇上空难死了，你会永远想念我吗？我没胡思乱想，我是说'假如'，你会为我哭吗？你会不会爱上别的女孩子？呜呜……大熊，有一件事我一直没告诉你。我也是第五届的。当然不是'香港小姐'，是第五届'省港杯婴儿爬行比赛'。你那天破纪录拿了冠军，第二天的报纸把你封做'省港奇婴'，你记得吧？我爸爸妈妈当天也带着胖嘟嘟的我参加。我没包尾。我爬得挺快的，哨子一响，我就直接爬去旁边的颁奖台，趴在第一名的位置上大笑。后来，你领奖的时候，我爬出来骑在你身上，猛舔你的脸，你哭着想逃，我把你的纸尿裤扯了下来。有个记者拍了照，第二天，报纸登了出来，大字标题说我是'欲海肥婴'，我妈妈常常拿来取笑我。这件事太糗了，那么多年，我都没告诉你。对，我就是那个强吻你的'欲海肥婴'。大熊，我死了之后，你多想这个，那就不会太伤心，知道吗？呜呜……呜呜……"

一整天上课的时候，我脑子里都想着这两个版本，时而偷笑，时而鼻酸，今天的结局，到底会是哪个版本？坐在我后面的大熊一点动静也没有，他也是整天想着两个版本吧？先有鸡还是先有蛋?

终于等到最后一节课的钟声响过,我拿起书包快步走出课室。

"维妮!"芝仪叫住我。

"什么事?"我停下来,回头问她。

"这两天为什么一放学就不见了你?你忙些什么?"

重色轻友的我都把芝仪给忘了。

"过了今天,我会原原本本地告诉你,好吗?好了,我要赶车。"

无情的我把莫名其妙又孤单的芝仪丢在那儿,奔下楼梯,走出学校大门,跑到车站排队。人愈心急,车也就好像来得愈慢。终于,巴士驶来了。我钻上车,在车厢最后一排靠窗的位子坐下来,戴着耳机的头抵着车窗看风景。今天该穿白色汗衫配绿色外套,还是黄色汗衫配蓝色外套?为什么我老是觉得今天像是最后一天?跟大熊恋爱的感觉却又偏偏愈来愈强烈?我已经不想跟他分开了。我多渴望有一天能够跟他分享巴黎的月亮。

就在我愈想愈悲伤的时候,我无意中瞥见车外有一张熟悉的脸,是星一。他为什么会跟比我们高一班的"魔女"白绮思一起?两个人还一路上有说有笑。白绮思是我们学校著名的"零瑕疵"美女,公认是男生的梦中情人。

一名自称"绮思死士"的仰慕者为她做了一个网站"无限绮思",经常因为浏览人数太多而造成网络大塞车。网上有一句话用来形容白绮思,虽然只有短短六个字,却是所有女生望尘莫及的,那就是:"得绮思,得天下。"后来,又有人再加上一句:"绮思不出,谁与争锋?"

网上有许多关于她的传闻。据说,两年前,有一位一级荣誉毕业、刚刚出来教书、年轻有为、自视极高的男老师恋上了她,情不自禁写了一封情信给她。白绮思当着他和全班同学面前把那封信撕掉。那个可怜的男老师从此在学校消失了。

传闻又说,去年,附近名校一位身兼学生会会长、剑击队队长和学界柔道冠军的男生,遭到白绮思拒爱之后,不理家人反对,跑到嵩山少林寺出家,决心要成为一位武僧,永永远远保护白绮思,为她独身。

"魔女"的称号就是这么来的。

然而,星一却竟然能够"越级挑战",挤到白绮思身边,白绮思看来并不抗拒他。我希望星一不会是下一个到嵩山少林寺出家的男生吧。

车子走得比人快,我失去了星一和白绮思的身影。说过喜欢我的星一,变心变得可真快。他是为了要向我报复吗?遭到我拒绝之后,改而追求白绮思,简直就是对我最悲壮的报复。这一刻,我脸上一定是露出了一个沾沾自喜的笑容,因为坐在我对面那个眉心怀大痣的女生目不转睛地望着我。

那个沾沾自喜的笑容一直陪着我回家，直到我换衣服的时候才消失。为什么我好像穿什么都不对劲？没时间了，我惟有穿上第一天穿过的那件绿色汗衫，抓起布包就走。

我迟了十分钟，幸好，大熊还没来。我戴上耳机坐在小公园的长板凳上。听着徐璐演唱会的现场录音版。一开场，掌声如雷，听起来就好像是为今天晚上的我打气似的。

我摇着两条腿，听着歌，一晃眼，徐璐已经唱到第六首歌了。我记得她唱这首《十二月二十四日的情人》时，戴了一个红色刘海的假发，穿上银色有流苏，分成上下两截的性感舞衣，露出一双长腿，胸前绘了一只斑斓的黄蝴蝶，在聚光灯下闪亮闪亮，好像真的会飞。

大熊为什么还没来？

我爬上长方形花圃，张开两条手臂，像走平衡木似的走在花圃的麻石边缘。我提起一条腿，放下，然后另一条腿，眼睛望着前方。我看到"手套小姐"从租书店出来，把卷闸拉下。冬天了，她头上别着一双鲜红色的手套，两手交臂，一个人孤零零地走在路上。大熊会不会已经来过，没见到我，所以走了？

我把布包抱在怀里，闷闷地坐在秋千上。都第十首歌了，大熊为什么还不来？也许，他知道自己会输，却又不想遵守诺言跟我恋爱，所以索性不来。

我咬着牙，酸酸地望着地上。我为什么要喜欢一个不喜欢我的人呢？演唱会结束了。我把耳塞从头上扯下来，站起身走出去。小公园门口那盏昏暗的路灯下，我看到自己幽幽的影子。突然之间，四围亮了一些，原来是一个鹅黄色的圆月从云中冒了出来，几年后，巴黎的月亮会不会比这个更圆更大？但是，那时候，大熊不会在长途电话的另一头了。

"郑维妮！"突然，我听到他的声音。

我停步，回过头来，看到刚刚赶来的他，杵在那儿，大口吸着气，跟我隔了几英尺的距离。

"熊大平，你为什么迟到？"我盯着他问。

他搔搔头，说：

"我躲起来想答案，过了时间也不知道。"

"你已经想到了吗？"

他信心十足地点了一下头，说：

"先有——"

"先不要说。"我制止他。

"为什么？"

"我等你等得肚子都饿扁了，吃饱再说吧。"我噘着嘴说。

要是他答错的话，现在说跟晚一点说，并没有很大分别，我只是早一点笑罢了。然而，要是他答对，分别可大了。我想晚一点才哭。

"我们去哪里？"大熊问我。

我朝他甩了甩头，说：

"跟着来吧。"

我转身回到小公园的长板凳上坐下来。

"这里？"大熊怔了一下。

"不知道会不会已经融了。"我边说边伸手到布包里把两个奶酪蛋糕拿出来，打开盒子放在长板凳上。蛋糕是我放学之后赶去店里拿的，却没想到大熊会迟那么多，还以为他不会来了，我一个人要啃两个蛋糕泄愤。幸好,这时蛋糕还没有融掉,蓬蓬松松的,像两朵蘑菇云。

"吃这个?"大熊问我说,眼睛望着蛋糕,一副好奇又馋嘴的样子。

"一个柠檬味,一个苦巧克力味,因为还在研究阶段,外面是绝对买不到的。"

"研究阶段?"大熊一头雾水。

"你去喷泉那边捞两罐可乐上来吧。"我指了指公园里的小喷泉,吩咐大熊说。

"呃?你说什么?"大熊傻愣愣地望着我。

"你以为喷泉里面会有免费可乐吗?是我看见你还没来,大半个小时前放到泉底冰着的。"我说。

大熊走过去,捋起衣袖弯身在水里找了一会,捞起了两罐可乐和几条水草,转身冲我笑笑说:

"找到了!"

"水草不要。"我朝他甩甩手。

他把水草丢回去,拿着两罐可乐回来,一罐给我。

"很冰呢!"我双手接过泡在泉底的可乐说。

大熊甩甩手里的水花,在长板凳上坐下来,跟我隔了两个蛋糕的距离。

"没想到你原来挺聪明。"他一边喝着冰冻的可乐一边说。

"什么'没想到'？什么'原来'？你以为我很笨吗？"我瞪了他一眼。

"呃，我没有。"他连忙耸耸肩。

我撕了一小块柠檬奶酪蛋糕塞进口里，一边吃一边说：

"这是我星期天打工的蛋糕店正在研究的新产品，还没推出市场。我试过了，很好吃。"

大熊吃着苦巧克力奶酪蛋糕，很滋味的样子，咂着嘴问我：

"你有打工？"

"'没想到'我'原来'这么勤力，这么有上进心吧？明年要会考，也许不能再做了。唉，我好担心数学不合格，那就完蛋了。"

"我教你好了。"大熊说。

"不管今天晚上之后发生什么事情，你还是会教我？"我怔怔地望着他。

"会有什么事情发生？"他问我。

"你可能会输，于是逼着跟我一起，到时候你会好恨我。"我装出一副漫不经心的样子说。

大熊仰头大口喝着可乐，说：

"跟你一起又不是判死刑。"

一瞬间，我整个人定住了，这是我听过最动人的话。我蛋糕塞在口里，凝望着大熊的侧脸，感动得几乎呼吸不过来。

"你是不是哽到了？"看到我那个样子，大熊吓了一跳。

"呃，我没有。"我啜了一口可乐，把蛋糕吞下去。

"你问我一个算术题吧。"我跟大熊说。

"为什么？"他怔了一下。

"我想看看自己会不会答。"我说。

"一定不会。"他歪嘴笑着。

"你说什么？你再说一遍！"我凶巴巴地瞪着他。

"怕了你！一九九八的钞票为什么比一九九七的钞票值钱？"

"这个问题很熟，好像在哪里见过？"我说。

"没可能。这是我自己想出来的。"大熊很认真地说。

"好。我慢慢想。"

我哪里会想回答那些让我看起来很笨的算术题？我只是想分散自己的注意力，那样我才不会因为太感动而扑到大熊身上去。

"因为一九九八年的钞票是限量版？"我乱猜。

"不对。"大熊咧嘴笑着。

"有没有浅一点的？"

"这个已经很浅，用膝盖想想也知道。"

"好。我再想。"我吃了一口蛋糕,问大熊说:

"你爸爸会不会很凶?"

"为什么这样问?"

"电影里的男童院院长都是这样的。"

"他很有爱心,那些院童都喜欢他。他们可以直接叫他'大熊人',只有犯了院规的时候才必须叫'院长'。"

"他在院里上班,为什么不常和你吃饭?"

"他很忙。下班之后还要到外面去辅导那些边缘少年。"

"那你妈妈呢?"

"她住在别处。"大熊啜了一口可乐,尽量稀松平常地说。

我明白了。他的状况跟我一样,但我们都绝对不会把"离婚"两个字说出来。

"我爸爸也是住在别处。"我伸了一个懒腰说。

大熊转过脸来讶异地瞥了我一眼,两个人好一会儿什么都没说。

"会不会是因为一九九七年的钞票已经旧了?"我一边吃蛋糕一边说。

"不对。"大熊露出一个孩子气的微笑,好像认为我一辈子都不会答对。

"你有没有想过将来做什么?"我问大熊。

他耸耸肩,嘴边沾着巧克力粉末。

"我想到处去旅行,看看巴黎又圆又大的月亮。"我说。

"你看过巴黎的月亮?"他问我说。

我摇摇头。

"那你怎知道巴黎的月亮又圆又大?"

"我想象过。"

他咧嘴笑了:"到处的月亮都一样。"

"但是,只有巴黎的月亮在巴黎铁塔旁边。那时,我会讲长途电话。"

"跟谁?"

"秘密。"我边说边撕下一片蛋糕。

"但是,只有埃及的月亮在埃及金字塔旁边,只有威尼斯的月亮在威尼斯的海上。"他搔搔头说。

"那些我没想象过。总之,巴黎的月亮不一样。好了,说答案吧。"

话刚说出口,我就知道糟糕了。我一时情急,把手上的蛋糕塞进大熊的嘴巴里,想要阻止他说出来。可是,已经迟了一步。

"先——有——鸡。"他狼狈地抹着脸上的蛋糕,问我说,"你干什么?"

"呃……我……我看见你脸上有蚊子飞过。"我胡扯。

他果然误会了。我要的是钞票的答案。

"为什么是鸡?"我问他。

"你也听过十二生肖的起源吧?天地之初,还没有十二生肖。一天夜里,一个老人召集了许多动物,对它们说:'我会从你们之中选出十二种动物,代表人类的十二生肖。那么,以后就有属于你们的人类了。'那些动物听到都很雀跃。老人说:'为了公平起见,会有一场比赛。首先跑到月亮的头十二只动物,便可以当选十二生肖。'结果,头十二只到达终点的动物是鼠、牛、虎、兔、龙、蛇、马、羊、猴、鸡、狗、猪。那就证明,世界上先有鸡。你听过有人属鸡吧?但你什么时候听过有人属鸡蛋?"

我站起身,把空空的蛋糕盒子捡起来拿去垃圾桶丢掉。

"怎么样?我答对了吧!"大熊松了一口气。

我眼泪都差点儿涌出来了,回头告诉他说:

"对不起,答错了。"

"为什么?"他很诧异的样子。

我用手抹抹高兴的眼泪,说:

"先有蛋。"

"为什么先有蛋?"

"我不是给了你两个提示吗?第一个是'这个世界上到底有没有鸡?',第二个是'鸡蛋是不是鸡生的?'。"

"鸡蛋怎可能不是鸡生的?"

"我是说这个世界上的第一枚鸡蛋。你没想过鸡可能是山鸡跟凤凰杂交后生下来的,也可能是火鸡跟乌鸦相爱之后生下来的吗?不管是哪两只飞禽搞在一起,首先弄出来的一定是一枚蛋。蛋孵出来了,才有第一只鸡。"

大熊张着嘴,恍然大悟地说:

"为什么我没想到?"

"这叫聪明反被聪明误。熊大平,你输了。"我把喝完的可乐罐咚的一声丢进垃圾桶里。

"我们玩玩罢了?对吧?"他试探地问。

"谁跟你玩?现在送我回家吧。"我甩着手里的布包冲他说,发觉他脸有点红。难道可乐也会把人喝醉?

走出小公园,我和大熊漫步在月光下。

"一九九八的钞票为什么比一九九七的钞票值钱?"我问大熊。

"一九九八张钞票自然比一九九七张钞票值钱。"他说。

"原来这样。真是你自己想出来的?"

"当然了。"

"我也是第五届的。"我告诉他。

"什么第五届?"

"你以为第五届'奥斯卡'吗?是第五届'省港杯婴儿爬行比赛',我就是那个把你的纸尿裤扯下来的'欲海肥婴'。"

"什么?原来是你?"

"就是我。"

"但你现在不肥,真的是你?"

"那些是婴儿肥嘛!我们认识十六年了。"

"那时还不算认识。"

"你记得阿瑛吗?你的小学同学,她男朋友叫小毕。她跟我一样,假期在蛋糕店打工。"

"你是说'飘零瑛'?"

"'飘零瑛'?"

"她是孤儿,我们都这样叫她。"

"你有没有喜欢过她?"

"我……我为什么要告诉你?"

"阿瑛的身材很好呢。男生是不是都喜欢这种女生?"

"我怎么知道。"

"我可不可以摸你?"

"这么快?"

"我是说头发。"我痛快地弄乱他那一头从来不梳的黑发。

"唉,你干什么?"

"你将来当飞机师好吗?"

"为什么?"

"因为我会当空姐。"

这就是发生在十六岁的爱情故事。以后的日子里,我常常问大熊,他是不是故意输给我,所以才会想出像十二生肖那么傻的答案。然而,不管我怎样旁敲侧击,他始终不肯说。

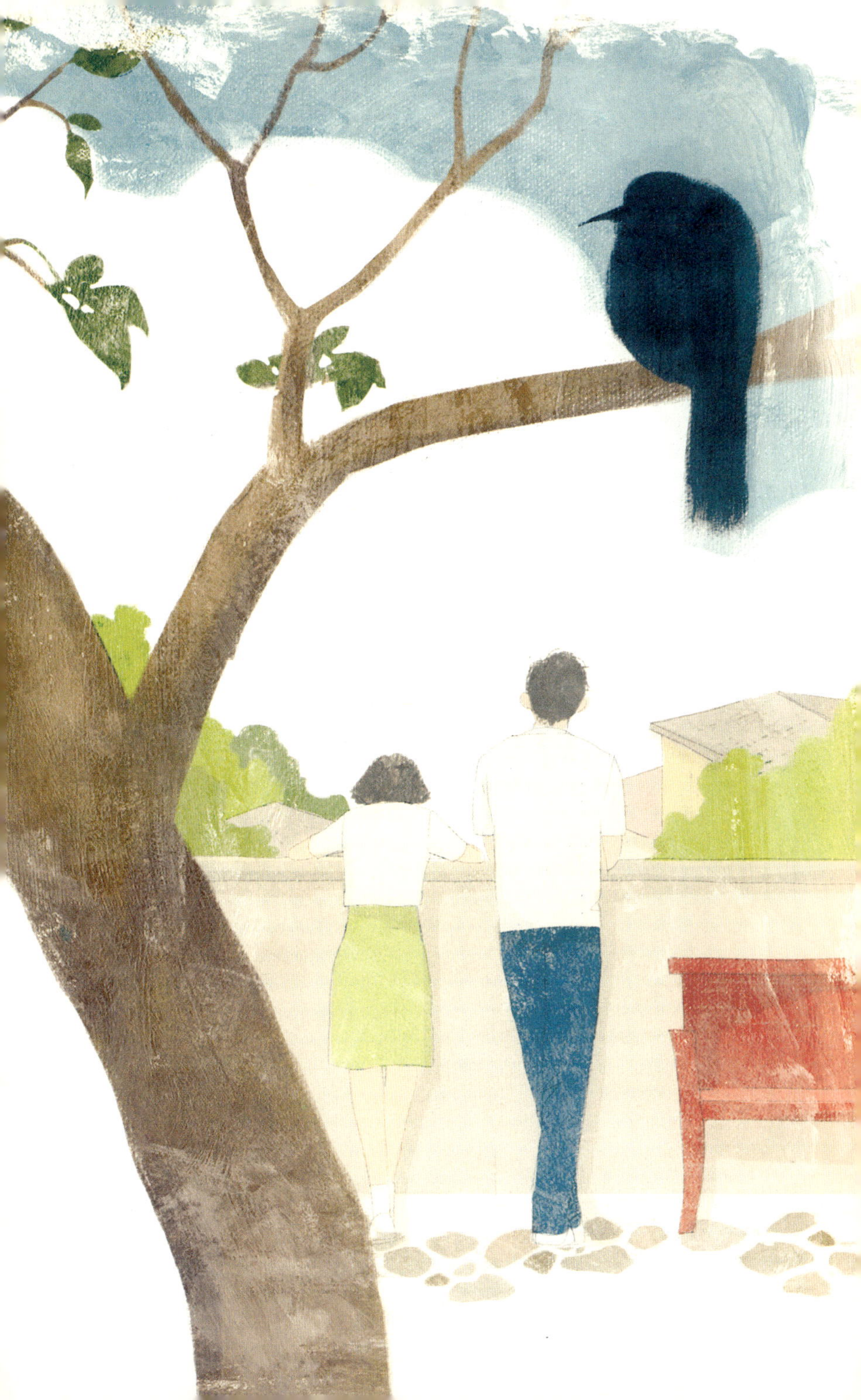

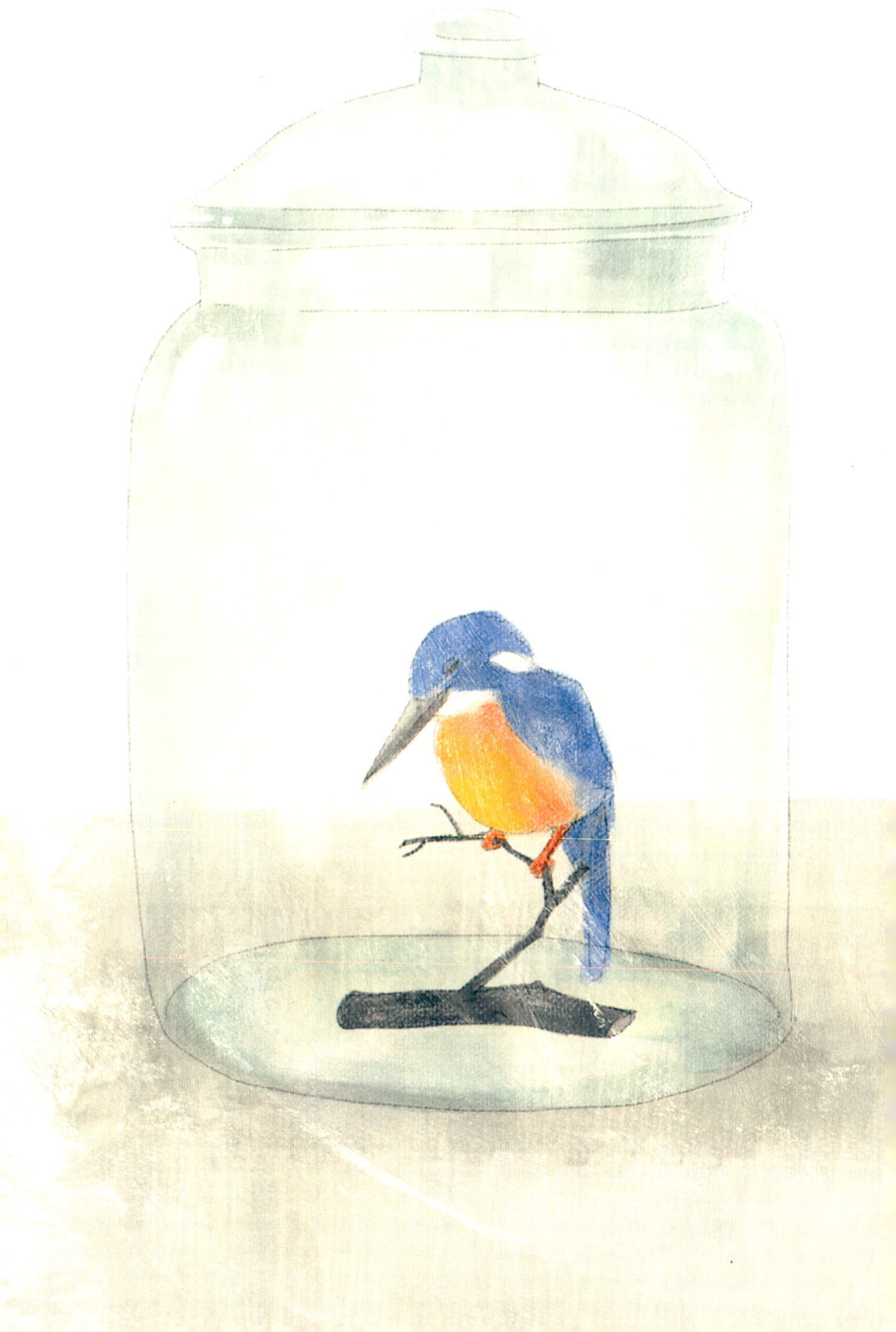

第三章 | 落翅的小鸟

1

阿瑛十八岁生日的那天,并没有一个富翁父亲留给她大笔遗产。但是,她有小毕、我和大熊在"十三猫"陪她庆生。

那天是我头一次跟小毕见面。不爱睡觉,也不爱剪发的小毕有点瘦,额前凌乱的刘海遮着他那双小得像一条缝的眼睛。我很奇怪他为什么还能够看东西。

小毕不笑的时候有点像个忧郁的大男孩,咧嘴笑时却邪邪地,像个坏孩子。

"他是魔鬼与天使的混合体。"阿瑛说。

"大熊是上帝的杰作。"身为女朋友,我当然也要替大熊助威。

"上帝的杰作"跟"天使与魔鬼的混合体"只要碰在一起,聊计算机和电子游戏可以聊个没完没了。大熊那时已经很少泡游戏机店了,他爱在家里玩游戏机。那样更糟,他可以从早到晚玩个不停。

我和阿瑛不谈这些,女孩子之间有许多比电子游戏更有趣的话题。阿瑛考上了演艺学院，她喜欢演戏。那时候，我在念大学预科。

中学会考发榜的那天，我从小矮人手上接过成绩单时，大大松了一口气。数学我竟然拿了合格。这全是大熊的功劳。他是很好的补习老师。他从来没放弃我，只会咕哝："这个世界原来真的有'数学白痴'！"

他默默忍受我补习的时候无聊地弄乱他的头发，只会小声抱怨：

"你为什么不搞自己的头发？"

有时候，我们爱坐在小公园的长板凳上一起温习。我会从家里带几罐可乐，藏在小喷泉的泉底冰着，那便可以一直喝到冰冻的可乐。当懒惰的大熊躺在长板凳上睡觉，我会毫不留情地把他抓起来，对他大吼：

"快点温书！你要和我一起念预科，一起上大学。我绝对不会丢下你！"

结果，大熊和我，还有芝仪、星一，都可以留在原校念大学预科班。只是我们没想到，小矮人就像强力胶一样黏着我们。他竟然跟我们一起升班，继续当我们的班主任。薰衣草和盗墓者也继续教我们中文和英文。

我的担心看来有点多余，星一没去嵩山少林寺出家。我不会看到他在同学会上表演少林绝学一指禅。"魔女"白绮思上了大学。有一天，长发披肩、身高一米七二的她开着一台耀眼的白色小跑车来接星一放学。这件事当天造成了很大的轰动，"无限绮思"网站上，大家热烈讨论星一和白绮思的恋情。男生纷纷打出一个个破碎的心。网主"绮思死士"更不知从哪里弄来一张星一减肥前的照片，放在网上，大肆挖苦一番，许多"绮思迷"看了都嚷着要地狱式减肥。

这件事引来一批身为"星一迷"的女生的不满。她们攻陷"无限绮思"网站，大骂网主"绮思死士"一定是个丑得不敢见人，只好躲起来的变态色情狂，更在"绮思不出，谁与争锋"这一句话前面自行加上一句："帅哥星一，号令天下，谁敢不从？"

"绮思迷"和"星一迷"的骂战持续了很长一段时间，星一却好像一点都不关心。他和白绮思的恋情传开之后，围绕他身边的女生反而比以前更多，似乎大家都想跟白绮思比拼一下，沾沾她的光，星一也很乐意在女生之间周旋。

星一和大熊依然是好朋友，有时候，我们三个人会一起去吃午饭，聊些不着边际的话。有好多次，我都拉芝仪一起去。然而，芝仪只要听到星一也去，便怎也不肯去，她会说：

"我不想跟年度风头人物一起。"

我不知道有没有人做过研究，比方说，当一个人一下子失掉十几公斤，整个人的心理状态会不会有什么影响？性格会不会改变？我总觉得，星一并没有减肥，而是有一个长得很像胖星一的瘦星一出现，跟胖星一交换了身份，就像《乞丐王子》的故事那样。有一天，以前那个笑起来有一串下巴，跑起步来两边脸颊噼啪响的、比较开朗可爱的胖星一会回来。

阿瑛十八岁生日那天，"星一迷"跟"绮思迷"的骂战正进行得沸沸扬扬，不是你死就是我亡。从没见过瘦星一的阿瑛看过网站上肥星一的照片，说：

"他真的可以减掉十几公斤？"

从没见过胖星一的大熊说：

"那个真的是星一？"

我的怀疑和假设也不是完全没理由的。

我们说话的时候，一只虎纹大胖猫打扮的服务生端来阿瑛的生日蛋糕，上面插着十八根蜡烛。阿瑛兴奋地站起来，双手合拢，紧紧闭上眼睛许愿。大熊站了起来，假装拉长耳朵偷听，引得我和小毕哈哈大笑。

那天分手之后，我们不知道什么时候会再见。我和阿瑛假日打工的蛋糕店在一九九九年已经结业，日式奶酪蛋糕不再流行。我那天带给大熊吃的柠檬味和苦巧克力味奶酪蛋糕，从来就没有机会推出市场。

回去的路上,我问大熊:

"你有没有鼻孔?"

"当然有。"

"你有没有脚趾?"

"当然有。"

"你有没有爸爸?"

"当然有。"

"你有没有喜欢过阿瑛?"

"当然……"

"你说出来,我不会生气的,都那么久以前的事了。"我哄他。

然而，无论我用的是什么诡计，大熊从来就没中计。我想，每个人都有秘密吧。就像"十三猫"的天幕上的那些猫眼睛，每次数出来都不一样，到底是不是那个天幕有机关，永远是个谜。

2

阿瑛生日之后没过几天,便是二〇〇一年的圣诞和除夕。我们原本想要好好疯一下,因为,过年之后,就得为大学试准备了。但是,十二月二十三日晚上的一通电话,改变了许多事情。

那天晚上七点钟左右,我趴在床上追《哈利·波特》第一集,刚刚看到哈利从海格手上接到霍格华兹的入学通知书。这时,芝仪打电话来。她哭得很厉害。

"芝仪,什么事?"我吃惊地问她。

"你有没有上网?"她断断续续地说。

"我在看《哈利·波特》。什么事?"

"徐璐死了。"她呜咽。

"不会吧?她怎么死的?"我跳了起来。

"自杀。我刚刚在网上看到的。"

"那不一定是真的。"我丢下书,走下床去开计算机。

"说她两个钟头前死的。"芝仪哭着说。

"不会的,不会的。"我边按键盘进聊天室边拧开收音机。

我们常上的那个聊天室果然流传着徐璐的死讯。据说,五点钟左右,有人看到徐璐把车停在青马大桥。她从车上走下来,攀过围栏,徘徊了一阵,然后纵身从桥上跳下去,身体在半空中画出一个优美的弧度。

"我看到了。不会是真的,你也知道很多人爱中伤她,新闻也没报。芝仪,你先挂线,我待会再打给你。"

我马上打给大熊。

"你有没有上网?"我问他。

"我在打机。"大熊说。

"你快点帮我看看,网上传徐璐死了传得很厉害。"

"不会吧?"

我听到大熊那边按键盘的声音。

一个钟头之后,电视新闻简报出现了徐璐的照片,穿着黑色衣服的女主播严肃地报道徐璐的死讯。电视画面上,徐璐的尸体由潜水员打捞上来,放在一张担架床上,抬到车里去。尸体从头到脚用黑布裹着,沿途留下了一条水渍斑斑的路。

那天晚上,我没法睡。

"不会是真的。我的偶像不会死。"我跟自己说。

然而,第二天,报纸的头版登了徐璐九八年演唱会上一张她回头带着微笑朝观众席挥手道别的照片。

她真的走了。

报上说，三十三岁的她因为感情困扰和事业走下坡而自杀。她的男朋友就是我和芝仪在麦当劳见过的那个模特儿。两个人一直离离合合。徐璐出事前一个星期，那个男模从他俩同住的公寓搬走了。

不会游泳的她，选择在落日烧红了天际的一刻从桥上跃下，尸体很多瘀伤，内脏和心都碎了，鼻孔一直渗着血。

平安夜那天，许多歌迷涌到桥畔献花悼念她。收音机播的不是《平安夜》，而是她的歌。那首《十二月二十四日的情人》不停地播。

我没法不去想象传闻中那个她从桥上跳下去时的优美的弧度。我的偶像，即使要死，也要在空中留下一抹不一样的彩虹。

我和芝仪没去桥畔，我怕我会哭。

十二月三十日晚上，大熊打电话给我，问我说：

"你想不想见徐璐最后一面？"

"你说什么？她已经死了。"

"星一刚刚打电话来，说他有办法。要是你和芝仪想看看她的遗容，而你们又不怕的话——"

"星一为什么会有办法？"我吃了一惊。

"徐璐的遗体昨天送去了他们家开的殡仪馆。"大熊说。

星一很少提起家里的事。直到这天晚上,我和大熊才知道,原来他家里是经营殓葬业的,生意做得很大。他爷爷是殓葬业大亨,只有他爸爸一个儿子。星一的爸爸有两位太太,星一是小太太生的,但是家里只有星一一个儿子。所以,星一的爷爷很疼他。

"星一说,要看的话,只能在明天晚上,过了明天就没办法安排了。"大熊说。

我在电话里告诉芝仪。

"我想去。"芝仪说。

除夕那天傍晚,大熊、我和芝仪带着一束百合花,在约定的地点等星一。星一坐在一辆由司机开的黑色轿车里准时出现,招手叫我们上车。

在车上,我们都没说话。我默默望着窗外。

车子直接驶进殡仪馆的停车场。下了车,那位眉毛飞扬,样子凶凶的,十足鬼见愁的司机带我们走秘密通道来到大楼二楼灯光苍白的长廊。我一直抓住大熊的手肘。

"鬼见愁"用手机打了一通电话,然后毕恭毕敬地在星一耳边说了几句话。

星一走过来,指了指长廊尽头的一扇门,跟我和芝仪说:

"徐璐在里面,你们只能够逗留五分钟,否则,麻烦就大了。"

我和芝仪对望了一眼，彼此的嘴唇都有点颤抖。

"花不能留在里面。"星一提醒手上拿着百合花的芝仪。

芝仪望了望手里的花，脸上带着几分遗憾。

"我和大熊在这里等你们。"星一说。

我缓缓松开了大熊的手。芝仪望着我，她在等我和她一起进去那个房间，看我们的偶像最后一面。

"我不去了。"我很艰难才吐出这几个字。

他们三个惊讶地看着我，特别是星一，他好像很失望。

"没时间了。"星一边看手表边说。

"芝仪，你去吧。"我对芝仪说。我知道她想去。

芝仪低了低头，我看得出她没怪我。她拐着脚，跟着"鬼见愁"朝长廊尽头那扇白色的门走去，在门后面消失。

我杵在阴冷的长廊上，觉得脚有些软。星一和大熊在我旁边小声说着话。我从布包里把耳机拿出来戴上，徐璐的歌声在这个悲伤的时刻陪着我，如许鲜活地，仿佛她还在世上似的。

我没胆子进去。我怕。很喜欢看关于尸体的书的我，从来就没见过真正的尸体，也从来没跟死亡这么接近过。

我没忘记那天在麦当劳见到的徐璐。我宁愿永远记着她手指勾住男朋友的裤腰，头靠在他肩上，幸福快乐的样子。还有那个把我和大熊牵在一起的"徐璐头"。

过了一会，芝仪带着她拿进去的那束百合花，从那个房间出来，缓缓走向我。她不喜欢人家看着她走路，因此我别过头去。直到她走近，我才把耳塞从头上扯下来，看到了满脸泪痕、眼睛哭肿了的她。我不进去是对的。

后来，星一用车把我们送回去上车的地点。在车上，我们默默无语，每个人的脸都好像比来时苍白了一些，芝仪一直低声啜泣，星一把一包纸巾塞到她手里。

我们下了车，跟星一挥手说再见。

芝仪上巴士前，把手里的百合花分给我一半，说：

"这些花看过徐璐。"

我们没道再见。

我和大熊默默走在回去的路上。

"我胆子是不是很小？"我问大熊。

"我也不敢看。"他说。

我抓住他的胳膊，说：

"你去当飞机师吧。"

"为什么？"

"因为我会当空姐，我想跟你一起飞。"

"当飞机师很辛苦的。"

"你不觉得飞机师很酷吗？"

他摇着头，说："别搞我。"

"求求你嘛！你试试幻想一下，要是当上飞机师，夜晚飞行的时候，在三万呎高空，你只要打开旁边的窗，就可以伸出手去摸到一颗星。"

"胡说！飞机的窗是打不开的。星星也摸不到。"他说。

"我是说幻想嘛！"我停了一下，看看手里的花，跟他说："这束百合花，我们找个地方埋掉好不好？我不敢带回家。"

"你胆子真小。"

"那么，你带回家吧。"

"还是埋掉比较好。"

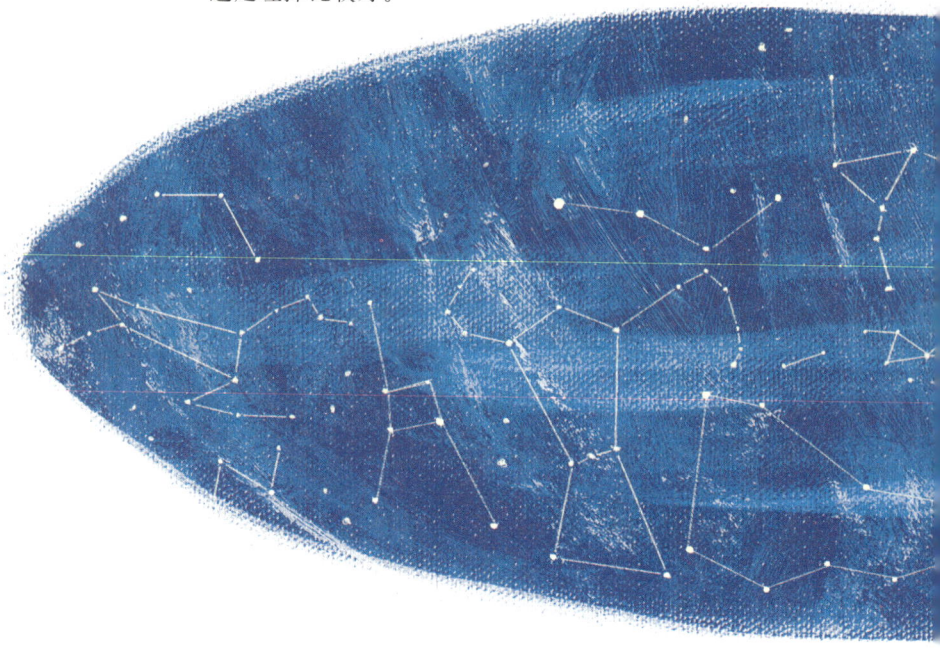

我们蹲在小公园的花圃里,把花埋入松软的泥土中。

"要是我死了,我不要躺在刚刚那种地方,太可怕了。"我说。

"我也觉得。"大熊用手把隆起的泥土拍平。

"最好是变做星辰,你开飞机的时候,伸手就可以摸到。"

"飞机的窗是打不开的,星星也摸不到。"他没好气地重复一遍。

"不,有一颗星,虽然远在天边,但可以用手摸到。"

"什么星?"他问,一脸好奇的样子。

"在这里,近在眼前。"我说着捉住他的右手,用沾了泥巴的一根指头在他掌心里画

了一颗五角星，然后大力戳了一下，说："行了！我以后都可以摸到。"

大熊望着那只手的手心，害羞地冲我笑笑。

"你怕不怕死？"我问他。

"我没想过。"

"那么，你会不会死？"

"我不知道。"

"有些人很年轻便死。"我说。

"你别说得那么恐怖。"他缩了一下。

"刚刚是谁说谁胆子小？"我擦掉手里的泥巴，站起来，张开双臂，像走平衡木似的，走在离地面几英尺的花圃的边缘。

"答应我，你不会死。"我从肩膀往后瞄了瞄已经站起身的大熊。

"好吧。"他说。

"嘿嘿，中计了！"我朝左边歪了歪，又朝右边歪了歪，回头说："既然不知道自己会不会死，怎么能够答应不会死？"

"暂时答应罢了。"他傻气地耸耸肩。

"你不会死的。"我从花圃上跳下来说。

"为什么？"他手背叉着腰，问我说。

我转身，朝他抬起头，望着仍然站在花圃上的他说：

"我刚刚在你掌心施了咒。"

"施咒？"他皱了皱眉望着我。

我煞有介事地点点头，告诉他说：

"我刚刚画的是一颗'万寿无疆星'。"

"胡说！嘿嘿！我来了！"他高举双手，从花圃上面朝我扑过来。我转身就跑，边跑边说：

"不对，不对，那颗是'长生不老星'！是'不死星'！"

我突然来个急转身，直直地朝他伸出右手的拳头，本来在后面追我的他，冷不提防我有此一着，胸口惨烈地撞上我的拳头，"哇"的一声叫了出来。

"这是'惨叫一星'。"我歪嘴笑着说。

然而，过了一会，大熊依然按着胸口，拱着背，脸痛苦地扭成一团。

"你怎么了，还是很痛吗？"我问他。

"我小时候做过心脏手术。"他声音虚弱地说。

我吓得脸都变青了，扶着他，焦急地说：

"你为什么不早说？对不起，对不起！"

他缓缓抬起头，望着几乎哭出来的我，咯咯地笑出声。

我噘起嘴瞪着他，觉得嘴唇抖颤，鼻子酸酸的，在殡仪馆里忍着的眼泪，终于在这时簌簌地涌出来，吓得大熊很内疚。

二○○一年的除夕太暗了，我睡觉的时候一直把床边的灯亮着。夜很静，我没戴耳机，徐璐的歌声却仿佛还在我耳边萦回，流转着舍不得逝去。我望着墙上那张因年月而泛黄的地图，突然想起了一个久已遗忘的人。他的背影已经变得很模糊了。他此刻在什么地方？他也已经长大了吗？

3

坏事一桩接一桩。新年假期结束后的第一天,原本应该来上下午第一节课的"盗墓者"并没有出现。大家都觉得奇怪。罗拉是从来不迟到、生病也不请假,放学后舍不得走,老是埋怨学校假期太多,认为不应该放暑假的一位铁人老师。她不会也自杀吧?

大约过了二十分钟,小矮人神色凝重地走进课室来,只吩咐我们自修,并没有交代"盗墓者"发生了什么事。

第二天,有同学带了当天的报纸回来,解开了"盗墓者"失踪之谜。她的照片登在港闻版第四版,耷拉着头,用她常穿的那件灰色羊毛衫遮着脸,由一名体形是她一倍的女警押着。

报道说,这名三十八岁的女子在一家超市偷窃,当场给便衣保安逮着,从她的皮包里搜到一堆并没有付钱的零食,包括西红柿味"百力滋"、"金莎"巧克力、"旺旺"脆饼等等。这些都是"盗墓者"平时喜欢请我们吃的。

据那名便衣保安说,"盗墓者"失手被捕的时候没反抗,只是用英语说了一声"对不起"。

"她会不会有病?"偷过试题的大熊说。

"她不可能再回来教书了。"未来的殓葬业接班人星一说。

"她不回来,我们的大学试怎么办?"一向很崇拜"盗墓者"的芝仪说。

我突然觉得,冷静的星一跟有时很无情的芝仪应该配成一对才是。

这天来上第一节课的小矮人,走进课室之后一直站在比他高很多的黑板前面,眼光扫过班上每一个人,久久没说话。终于开口了,他带点激动地说:

"每个人小时候都崇拜过老师,但是,当你们长大之后,你们会觉得老师很渺小、觉得老师不外如是。是的,跟你们一样,老师也是人,也有承受不起的压力,就像我,血压高、胃酸高、胆固醇更高,这方面,我绝对不是一个小矮人!"

我跟大熊飞快地对望了一眼,连忙低下头去。天啊!小矮人原来一直知道自己的花名。

小矮人紧握着一双拳头,一字一句地说:

"真正的渺小是戴上有色眼镜去看人。"

望着转过身去,背朝着我们伸长手臂踮起脚尖写黑板的小矮人,我突然发觉,小矮人也有很感性和高大的时刻。但是,胆固醇高好像跟教书的压力无关啊。

星一说的没错,"盗墓者"没有再回来。据说,患有偷窃癖的她,原来一直有看心理医生。另一位英文老师,洋人"哈利"代替了她。哈利教书比"盗墓者"好,他爱说笑,还会跟我们讨论《哈利·波特》。然而,我还是有点挂念罗拉。她在教员室里的那张桌子动都没动过,还是像她在的时候一样,学生的作业簿和测验卷堆得高高的,根本没有自己的空间。

一个人的花名真的不可以乱改。幸好,大熊只叫大熊,不是叫"大盗"。

4

大学入学试渐渐迫近，我们也慢慢淡忘了"盗墓者"。二〇〇二年三月初的一天，男童院山坡上的树都长出了新叶。这一天，在男童院大熊的家里，他负责上网搜集过去几年的试题，我一边背书一边用喷壶替笼子里的皮皮洗澡。它看来不太享受，一副勉为其难的样子，拍着翅膀甩了甩身上的水珠。

我放下手里的喷壶，打开鸟笼，把皮皮抱出来放在膝盖上，用一把量尺量了一下它的长度。

"还是只得二十七公分长，两年了，它一点都没长大。"我顺着皮皮的羽毛说。

大熊没接腔，我转过头去，发现他不是在搜集试题，而是在网上打机。

"你在干什么？"我朝他吼道。

"玩一会没关系。"他眼睛盯着计算机屏幕，正在玩枪战。

"不行。"我走过去把游戏关掉，说，"别再玩了，我们还要温书啊。"

这时,楼下有人喊他。

大熊走到窗边,打开窗往下看。我抱着皮皮站在他后面,看到几个院童在下面叫他,他们其中一个手上拍着篮球。

"大熊哥,我们缺一个人比赛。"

大熊是什么时候变成大熊哥的?

"我马上来。"大熊转身想走。

"不准去!"我抓住他一条手臂说。

"我很快回来。"他像泥鳅般从我手上溜走,飞也似的奔下楼梯去。

我回身,从窗口看到他会合了那伙男生,几个人勾肩搭背地朝球场那边走去。

"唉,这个人好像一点都不担心考不上大学。"我跟皮皮说,皮皮嘎嘎叫了两声,就像是附和我似的。

我把皮皮放回笼子里去,抓了一把瓜子喂它。皮皮没吃瓜子,拍着翅膀,很想出来的样子。大熊以前会由得它在屋里飞。

"对不起,皮皮,你要习惯一下笼子。要是我放你出来,你一定会飞出去看看这个世界。你知道外面有很多麻鹰吗?麻鹰最爱吃你这种像雪一样白的葵花鹦鹉。"

皮皮收起翅膀,咬了咬我的手指,好像听得懂我说话,浑然忘了自己是一只聋的鹦鹉。

"你是不是从新几内亚来的！"我问皮皮，"我床边有一张世界地图，很大很大的！"我张开两条手臂比着说，"新几内亚的标记，就是一只葵花鹦鹉。"

我边喂皮皮吃瓜子边说：

"你知道我为什么会有那张地图吗？秘密！是个连你主人都不知道的秘密。既然你是聋子，告诉你应该很安全吧？"

皮皮那双小眼睛懂事地眨了眨，好像听得明白。它到底是根本没聋，还是它生下来就是一副好像在听别人说话的样子？

我摸了摸它的头，然后回到计算机桌上继续搜寻过去几年的试题。二〇〇一、二〇〇〇、一九九九……我看看手表，两个钟头过去了，大熊竟然还没回来。我望着计算机屏幕，心里愈想愈气，拾起我的布包冲到下面球场去找他。

大熊还在那儿打球，我憋着一肚子气在场边站了很久，他都没发觉我。

"大熊哥，你女朋友找你！"一个脚毛很多的男生终于看到我。

玩得满头大汗的大熊停了下来，不敢直视我的眼睛。

"大熊哥，你女朋友很正点！"一个满脸青春痘的男生吹着口哨说。

我绷着脸，交叉双臂盯着大熊。

"你女朋友生气了,快去陪她吧。"一个矮得实在不该打篮球的男生,伸长手臂搭着大熊说。

"女生都很烦,我千方百计进来这里,就是为了避开她们。"那个刚刚边打球边拿梳子梳头的男生,自以为很幽默地说。

接着是一串爆笑声,大伙儿互相推来推去。那个脚毛很多的男生用篮球顶了顶大熊的肚子,笑得全身直抖,脚毛肯定掉了不少。大熊夹在他们中间,只懂尴尬地陪笑。

我觉得自己好像抱了一座活火山,一张脸烧得发烫,鼻孔都快要冒烟了。我一句话也没说,掉头就走。

"大熊哥,还不快去追!"

"大熊哥,你这次死定了!"

"大熊哥!不用怕!"

那伙男生在后面七嘴八舌地起哄,我鼓着腮,大踏步走出男童院的侧门。我的脸一定非常黑,因为门口的警卫看到我时,好像给我吓着,连忙替我开门。

我气冲冲走出去,踩扁了一个刚从树上掉下来的红色浆果。

"维妮!你去哪儿?"大熊追了出来,有点结巴地说。

我直盯着他,一口气地吼道:"讨厌啊你!你说很快回来,结果打了两个钟头还没完。每天只有二十四小时,你用了两个钟头打球,两个钟头打机,你比别人睡得多,每天要睡十个钟头,吃饭洗澡加起来要用一个半钟头。你每天还剩多少时间温习？只有八个半钟头！"

大熊怔了一下，咧嘴笑着说：

"你的算术为什么突然进步那么多？"

"别以为我会笑！我绝对不笑！"我咬着唇瞪着他，拼命忍住笑，却很没用地笑了出来。

我不知道这算不算是我和大熊第一次吵架，因为好像只有我一个人生了一肚子气，并没有吵得成。然而，这一幕还是一直留在我记忆里，每次想起也会笑。那天，我头一次发现，虽然我也曾对别人生气，却从来没有对大熊生起气来的那种亲密感。

原来，唯有那种亲密感最会折磨人。

5

四月底,大学入学试开始了。我房间的书桌上放满了用来提神的罐装咖啡和各种各样的零食。

考第一科的前一天晚上,十点钟左右,我打电话给大熊,他竟然已经上了床睡觉。

"你书温完了吗?"我问大熊。

"你没听过短期记忆吗?愈迟温习,记得愈牢。"他打着呵欠说。

"明天就考试了,今天晚上还不算短期记忆吗?"我边吃巧克力边说。

"我打算明天早一点起床温习,那么,看到试卷时,还很记得。"

"你可以早点起床再说吧。"我啜了一口咖啡。

不知道是不是巧克力和薯片吃得太多的缘故,虽然喝了三罐咖啡,半夜两点钟,给睡魔打败的我,终于溜到床上去。当我怀着无限内疚给床边的闹钟吵醒时，已经是早上七点钟了。

"起床了！"我打电话给大熊，朝电话筒大喊。不出我所料，他还没起床。

"聋的都听到，我又不是皮皮。"他半睡半醒地说。

"皮皮不用考试，但是你要。"我一边说一边伸手出窗外，雨点啪嗒啪嗒地打在我掌心里，几朵乌云聚拢在一起，看来将会有一场大雷雨。

"别迟到。"我叮嘱大熊。

狂风暴雨很快就来了，当我赶到试场时，浑身湿淋淋，脚下的球鞋都可以拧出水来。大熊在另一个试场，我打他的手机，问他：

"你那边的情形怎样？"

"在外面等着进去。"

"我也是。我的鞋子都可以拧出水来了，你呢？"我一边拍掉身上的雨水一边说。

"我没事。"他回答。

"你坐出租车到门口吗？"我奇怪。

"我鞋子在家里，当然没事。"他轻松地说。

"你鞋子在家里？"我怔了怔。

"我穿了拖鞋出来。"他说。

"你竟然穿拖鞋进试场?"

"这么大雨,只好穿短裤和拖鞋出门了。不过——"

"不过什么?"

"刚刚挤地铁时丢了一只,没时间回头找。"

"那怎么办?"

"没关系吧?考试又不是考拖鞋。"

这个人真拿他没办法,我几乎已经猜到,他一定也没带雨伞。

"带雨伞很麻烦,会忘记拿,用报纸就可以了。"他常常说。

"报纸?不是那些几十岁的大叔才会做这种事吗?"我第一次听到时,难以置信地望着他。

"反正有什么就用什么吧?"他潇洒地说。

这时,试场的大门打开了。我关掉手机进去。找到自己的座位坐下来之后,我索性把湿淋淋的球鞋和袜子脱掉,搁在桌子底下,光着脚考试,想着只穿着一只拖鞋的大熊也正在奋斗。

那天稍后,我跟大熊用 ICQ 通话。

"?"我的问题。

"^_^"他的答案。

"?"他的问题。

"^_^"我的答案。

"@…∞…"离开 ICQ 之前,我送他一朵玫瑰花。

每考完一科,我们回家之后会用这种无字的 ICQ 看看对方今天考得好不好。大熊从来不曾回我一朵网上玫瑰,仿佛他认为玫瑰花只是我爱用的符号,用来代替"再见"。

我们都没想到,后来有一天,玫瑰也代表了离别。

6

徐璐唱过一首歌,歌的名字是《时光小鸟》,中间有一段,她用如歌的声音独白:

十五岁的时候

时间是花蝴蝶

翩翩起舞,就在眼底

二十岁的时候

时间是小翠鸟

偶尔停留,栖在枝头

二十五岁的时候

时间是小夜莺

当你听到林中的歌声

> 只看到它远飞的双翼
>
> 三十岁的时候啊
> 时间嘛是秃鹰
> 它无情的眼睛俯视你
> 你在那儿看到了残忍

那时候的我,只能够明白二十岁的小翠鸟。等待发榜的时间又是什么?也许是鹦鹉皮皮吧?因为是聋子,所以听不到时间飘飘飞落的声音。

发榜的那天一晃眼就到了。

大清早,班上的同学齐集在课室里。当小矮人拿着我们的成绩单走进来,大家都不禁屏息。

先是芝仪出去领成绩单,她本来一直绷紧着,然后渐渐放松,露出灿然微笑的一张脸,说明了一切。一只手插着裤袋的星一,继几年前那张惊人的减肥成绩单之后,再下一城。他望着我们,脸上浮出一个淡淡的微笑。

轮到大熊了,星一使劲地拍了拍他的肩膀替他打气。他从小矮人手上接过成绩单之后,朝我扮了个鬼脸。这是我们事前约定的暗号。鬼脸代表过关了。我大大松了一口气。当他把成绩单递给我看时，我简直吃了一惊。他考得很好，第一志愿计算机系应该没问题。

只剩下我了。当小矮人叫我的名字，我觉得好像呼吸不过来似的。我站起身，大力吸了一口气，然后才走出去。快要走到小矮人面前的时候，我突然发现小矮人看我的目光有点跟平时不一样。他那张脸一向只会挂着"我不觉得人生很有趣！"和"你看不出我是没有幽默感的吗？"两种表情。然而，这一刻，他的目光里却带着一点可惜，我的心情当场就变了。

那真是属于我的成绩单吗？我握在手里，压根儿不相信是我的。怎可能这么糟糕？

完了！我不会跟大熊一起上大学。

我垂下眼睛，瞥了大熊一眼，他等着我扮鬼脸。我多么渴望我可以，可是我不能够。

我默默回到座位上，低着头，觉得双脚好像碰不到地，身边的一切都消逝了。

大熊从我无力的双手里拿过那张成绩单来看。

"求求你，什么也别说。"我低声说着，眼睛没望他。害怕只要看到他，我的眼泪便会迸射而出。

我的眼睛投向小矮人那边，卑鄙地搜寻那些跟我一样的失败者，有些人拿了成绩单之后，当场就哭得死去活来。终于，所有成绩单都派完了。小矮人说了一些话,我一句也没听进去。胜者安慰败者,那些痛哭的同学身边,总有一个或者几个朋友,挤出一张苦哈哈的脸来,对他们说些安慰的话。我不愿意接受那种虚假的感情,成为那个受恩惠的弱者。我假装上洗手间,然后溜掉。

我在街上茫然晃到天黑,身上的手机响了很多次,是大熊打来的,也有妈妈打来的,我都没接。他们的短讯,我没看就删掉。

没有路可以走了,我只好回家去。

当我经过我和大熊常去的那个小公园时,看到了坐在秋千上,茫然地等着的他。

我没停下。

大熊看见了我,连忙走上来。额上挂满汗水的他问我:

"你到哪儿去了?"

"恭喜你。"我苦涩地瞥了他一眼。

大熊走在我身旁,默然无语,好像是他做了什么错事似的。我望着前面几英尺的水泥地,回家的路,我走过很多遍,今天晚上,这条路却特别难走,特别灰暗。

我终于回到家里,掏出钥匙,乏力地把门打开。

"再见了。"我说,然后关上门,把大熊留在外面。

屋里亮着灯,坐在沙发里的妈妈看见我回来,好像放下了心头的重担,朝我微微一笑。她大概已经猜到了。

"这次不行,下次再努力不就可以了吗?"她柔声安慰我。

我什么也没说,匆匆躲进睡房里,把门锁上,瘫散在床上,眼睛呆呆地望着天花板。

我累了,很想睡觉。

7

我一直睡到隔天下午才醒来,下了床,打开门,走出客厅。屋里没有人。我在厨房的流理台上发现罩着盖子的新鲜饭菜和一袋面包。我没碰那些饭菜,打开胶袋,拿了两个圆面包,没味道地吃着,喝了一杯水,然后回到睡房去,锁上门,拉上窗帘,照原样躺在床上,又再睡觉。

半夜里我醒来,光着脚摸黑走到厨房,吃了一个面包,再回到床上,还是动也不动地躺着。

第二天黄昏,我大字形躺在床上,望着天花板发呆。家里的电话响起来,我的手机早就关掉了,电邮不看,电话也不接。妈妈在外面接了那个电话,过了一会,她敲敲我的房门,在外面说:

"是大熊找你。"

"说我已经睡了。"我有气无力地说,眼睛没离开过天花板。

又过了三天,我大部分时间都是像死尸般瘫在床上,偶尔离开房间,只是为了上个厕所,或是到厨房去,看到什么便吃什么,然后尽快回到睡房里，重又瘫在床上，定定地看着漆黑一片的天花板。

到了第六天，我去厨房喝了一杯白开水之后，没有回到睡房。我在客厅那张宽沙发躺了下来，叉开双脚，抱着抱枕，用遥控器开电视，眼睛望着荧光幕发愣，就这样躺了大半天。当我听到妈妈转动钥匙开门的声音，我起来，裸着脚回到自己窗帘紧闭的昏暗房间里，没希望地坐在床边，直到累了就躺下去。

接下来的十多天，当妈妈出去了，我才会离开房间，软瘫在沙发上，一动不动地望着电视画面，偶然看到好笑的情节也会笑笑。只要听到妈妈回来的声音，我便会离开沙发，回去睡房，倒卧在床上，什么也不做。

一天夜晚，我人瘫在沙发上，一条手臂和一条腿悬在沙发外面，直直地望着电视画面发呆。这时，我旁边的电话响起，铃声一直没停。我瞥了瞥来电显示，是大熊。

我缓缓拿起电话筒，"唔"了一声，低微到几乎听不见。

"维妮，你没事吧？"大熊在电话那一头问我。

"唔……"我低低地应了一声。

"……"那边一阵沉默。

"嘎嘎，嘎嘎……"远处的声音。大熊接着说："是皮皮在叫。"

"唔……"我鼻子呼气，眼睛依然呆望着电视画面。

181

"你在睡觉?"

"唔……"我机械般应着。

"那我明天再找你好了。"

"唔……"我恍恍惚惚地放下电话筒,依旧如死尸般躺着,一点感觉也没有。

我不想见任何人,连大熊也不例外。

隔天,大熊再打来,我懒懒地躺在床上,没接那个电话。不管铃声多么固执地响着,我只觉得那是遥远的、跟我无关的声音,就像西伯利亚的风声,进不了我的双耳。

妈妈在家的话,她会接那些电话。我不知道她跟电话那一头的人咕哝些什么,也不想知道。一向不爱下厨的她,每天都做些新鲜的饭菜,留在厨房里给我,又写了许多字条放在一旁安慰我。那些字条,我只瞥一眼,饭菜也只是随便吃一些。我变成屋里的一个魅影,一天可以睡十八个钟头,余下的六个钟头发呆,无助的感觉成了唯一的感觉。

渐渐地,大熊的电话没有再打来。电话停止打来的那天,我睡了二十个钟头,无助感再一次把我淹没。

然后有一天,我躺在客厅那张宽沙发上,电视正在播新闻,报道说,全球航空业正面临不景气,各大航空公司相继大幅裁员。电视画面上出现几个穿红色制服的空服员,她们正拖着行李进入机场检查站。我想起我的梦想。那个空服员的梦也彻底完了。

不久之后的一个傍晚,我在厨房吃了几道菜,然后瘫在沙发上,看到一段关于某大学迎新营的新闻,报道说,新生玩的游戏因为带色情成分而遭人投诉。大学原来已经开学了。大熊、芝仪,还有星一,都已经成为大学生了吧?我突然想起徐璐那段关于时间的独白,不管是花蝴蝶、小翠鸟、夜莺或是秃鹰,都有一双翅膀。然而,我的时间、我的十九岁,却是落翅的小鸟。

我从沙发上坐起来,把牛仔裤和汗衫穿在睡衣外面,戴上一顶鸭嘴帽。两个多月以来,我头一次离家外出。我把帽子拉得低低的,不让别人看到我的脸,也不想看到别人的脸。

我走到"猫毛书店",租了《哈利·波特》第二集,然后直接回家,躲进睡房,头埋书里,掉进哈利、荣恩和妙丽的巫术世界,想象自己也有一件隐形斗篷,那便不会有人看到我。

"猫毛书店"成了我唯一肯去的地方。我总是挑夜晚去,看不到日头,也不容易碰到人。我租的都是魔幻小说、推理小说和武侠小说,以前爱看的那些研究尸体的书,并没有再看。我已经成为尸体了,不用再找些跟自己相似的东西。

有些书,我看了头几集,后面那几集给人租了,我便会蹲坐在"猫毛书店"的小凳子上,呆呆地等着别人来还书,也许一等就是几个钟头,不一定会等到。有时候,那只大白猫"白发魔女"

会趴在书堆里,盯着我看,好像我是个怪物似的,说不定连它都嗅到我身上那股失败者的气味。

"手套小姐"常常躲在柜台后面的一个房间里,有客人租书或是还书的时候才会走出来。她只会跟我说最低限度的话,比方是"这本书租了出去"、"关门了"。正因为她话说得少,我才愿意待在那儿。

我看书有时看到三更半夜,白天睡觉,反正我没有什么事情可以做。我甚至连梦都很少做了。我想起小时听过的那个故事:人睡着之后,灵魂会离开身体到梦星球那棵怪树上做梦,要是睡着的那个人给人涂花了脸,他的灵魂便会认不出他,回不来了。于是,有一天晚上,我把一本看到一半、封面是一个恐怖鬼面具的书盖在脸上睡觉。隔天醒来,什么事也没发生。

然后有一天,当我低着头,呆呆坐在"猫毛书店"的小凳子上等着别人来还书的时候,我突然发现一双熟悉的腿站在我面前。

我没抬头,想躲又没处躲。

"维妮!"那把声音带着无限惊喜。

我抬了抬眼睛,刚下班的妈妈,身上还穿着制服,手里拿着从市场里买回来的菜,咧嘴朝我微笑,好像很高兴看到我终于肯外出。我垂下眼睛,抿着嘴唇,什么也没说。

"既然你出来了,今天晚上不要做饭了,我们出去吃吧!"

她一边说一边把我从小凳子上拉起来，招了一辆出租车，然后把我推上车。

我哪里都不想去，但我没反抗，静静地坐在车厢里。我是连反抗都不愿意。

"本来买了烧鸭呢，还有冬瓜和豆腐，不过，明天再吃没关系吧！"她在我身边说，期待我的回答，但我没接腔。

在车上，她临时改变了主意，决定去卡拉OK。

"可以一边唱歌一边吃饭呢。"她笑笑说，又瞥了我一眼，我依旧不说话。

车停了，我们下了车，走进一家卡拉OK。我还是头一次看到有人自备冬瓜、豆腐和烧鸭去卡拉OK。

妈妈要了一个房间，牵着我的手进去，生怕我会逃走似的。

"你想吃什么？"她一边看菜单一边问我。

我眼睛没望她，微微耸耸肩。

她替我点了一客鱼卵寿司。

我默默地坐着，望着电视画面发呆，不打算唱歌。看见我那样的妈妈，并没有泄气，自己挑歌自己唱，唱的都是徐璐的歌。

从来没有跟她去过卡拉OK的我，直到这个晚上，才知道她歌唱得那么好。我也从不知道，原来她喜欢徐璐，很熟徐璐的歌。

徐璐在电视画面上出现，好像还活着似的。我很害怕妈妈要

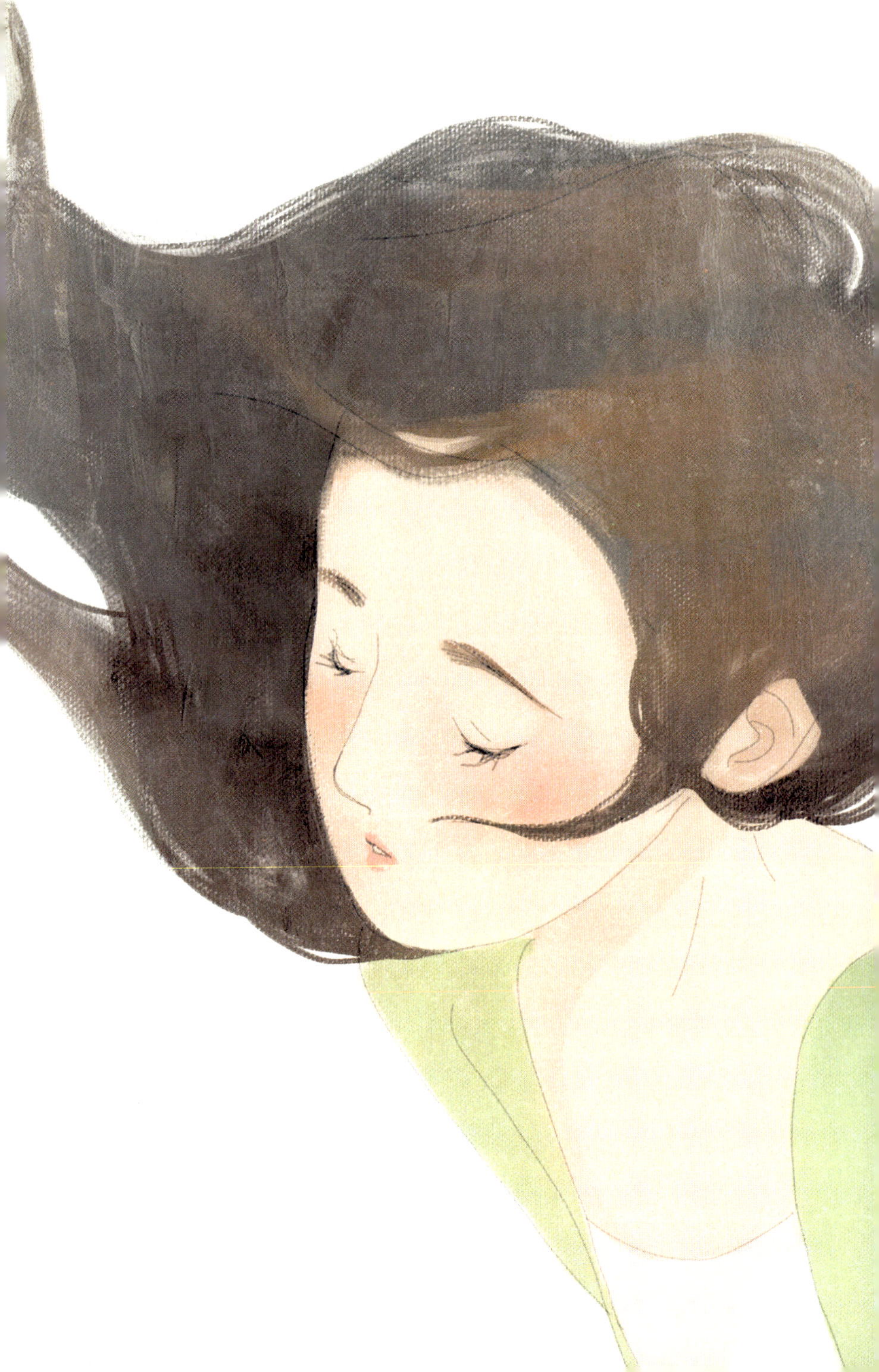

跟我说教，或是说一堆安慰的话，我最不想听的就是这些。

但她只是唱着歌，什么也没说。

也许，她只想要陪在我身边。

夜深了，我们回到家里。她一边把烧鸭放进冰箱里一边问我说：

"明天做烧鸭色拉给你吃好吗？"

我望着她蹲在冰箱前面的背影，想说些什么，终究还是没说话。这时，她朝我回过头来，又问我：

"还是你想吃鸭腿面？我前几天在食谱上看过，很容易做。"

"就吃面吧。"我终于开口说。

她看着我，眼里漾着微笑，说：

"那么，我们明天吃面吧。"

我点了点头，望着她又转回去的背影，心里突然有些感动。

"你唱歌挺好听，我去睡了。"我说，然后，回到睡房，脸抵住布娃娃，躺在床上。

有那么一刻，我明白自己该振作起来，可是，却好像还是欠了一点力量。

8

直到一天,像平日一样,我头上戴着拉得低低的鸭嘴帽,到"猫毛书店"还书。"白发魔女"屁股朝书店大门趴着,我发现它的尾巴摆成"C"形。我的心缩了一下,像做了亏心事似的,帽檐下的眼睛四处看。但是,书店里只有"手套小姐"一个人。书店对面我和大熊以前常去的小公园也没有人。我把书丢在柜台,拿了要租的书,付钱之后匆匆回家去。

"白发魔女"的尾巴只是碰巧摆成"C"形吧?又或者是有个人像大熊一样,喜欢拿猫的尾巴开玩笑。

然而,接下来许多天,当我踏进"猫毛书店",那个猫尾摆成的"C"字都清晰地呈现在我眼前。除了"手套小姐",店里并没有其他人。瞧她那个低着头专心看书的样子,这件事不像是她做的。

"是猫自己喜欢这样吧?"我在心里嘀咕。

不管怎样,我决定以后不再去"猫毛书店"。

十一月中的那天,是我最后一次去还书。我故意等到书店差不多关门的时候才去。我把书揣在怀里,头上的鸭嘴帽低得几乎盖着眼睛,只看到前面几英尺的路。我不走在人行道中间,而是靠边走,不时偷瞄后面有没有人跟踪。

终于到了书店,我的心跳好像也变快了。"白发魔女"平日喜欢趴的那个位置,只留下几个梅花形的猫掌印和几条猫毛。

我心头一惊,抬起眼睛四处搜寻它。发现它屁股朝我趴在柜台上,尾巴摆成一个完美的"C"形。

四下无人,我匆匆把书丢在柜台,转头想走。就在这时,"手套小姐"从柜台后面那个门半掩着的房间走出来。

"要进来看看吗?"她突然冲我说。

我不知所措地杵在那儿,帽檐下的一双眼睛隔着额前的刘海瞥了瞥她。

"过来吧。"她朝我甩了一下头,好像命令般,根本不让我拒绝。

我只好绕过柜台,跟着她进去那个神秘的房间。直到如今,我还记得房间里的一切在我抬不起头的那段日子,给了我多么大的震撼。

那个狭长的房间根本就是小型的布娃娃博物馆,两旁的木架上整齐地排列着可爱的布娃娃,至少有几百个。她们交叉双腿,紧挨着彼此，悠闲地坐着。

这些布娃娃像手抱婴儿般大小，全都有一张圆脸、一双圆眼睛、扁鼻子和向上弯的大嘴巴，毛线编成的头发跟"手套小姐"一样是肩上刘海，就像把一个大海碗反过来覆在头上剪成似的。头发的颜色可多了，有金的、银的、鲜红的、粉红的、绿的、紫的、橘色的，头顶都别着一双小手套，金发配红手套、绿发配黄手套，紫发配绿手套……

布娃娃身上的衣服也很讲究，全是时髦潮流的款式，有伞裙、晚装、民族服、芭蕾舞衣，雪纺、迷彩、绣花，甚至连瑜伽服也有。

房间的尽头有一部缝纫机，木造的工作台上散满了碎布、时装杂志和外国的布娃娃专书，还有一台计算机。

"过来这边看看。""手套小姐"依然用命令的口吻说。

看得傻了眼的我，挪到她身旁。她登上一个网页，那是她做的"手套娃娃网页"，我这才知道，原来"手套小姐"是布娃娃大师，在网上发售她做的布娃娃。她的顾客来自世界各地。有些顾客抱着布娃娃拍照，传送回来给她，还在电邮里称赞她的手工。一个穿金色蕾丝晚装的布娃娃在金碧辉煌的皇宫里留影，原来买它的是苏丹一位王妃。

"手套小姐"边兴致勃勃地移动鼠标边告诉我：

"读书的时候成绩不好，成天做白日梦。只爱看课堂以外的书，根本就不是读书的材料，所以只能勉强完成中学，然后接手了舅舅这家租书店。这种工作最适合性格孤僻的我。几年前偶然看到一本教人做布娃娃的书。我想：'我可以做得比这个好！'于是做了第一个布娃娃。"

她抬起眼睛瞄了瞄我。我没说话。

"考试失败了吧？"她突然问我。

她怎么会知道？

"瞧你那副丧家狗的样子，谁都看得出来。"

她说话就不可以婉转一点吗？

"那个男生是你男朋友吧？"她又问，眼睛却望着计算机屏幕。

我怔了一下。

"那个喜欢把猫的尾巴摆成'C'形的无聊分子！"她啐了一口。

"呃？"我应了一声。

她眼睛没离开计算机，欣赏着那些她放到网上的布娃娃，仿佛怎么看也不会厌。

"这个人把你看过的书都租回去看。好像知道你什么时候会来，在你来之前就溜掉。"

果然是大熊做的。

"那么无聊的人，你跟他分手了吧？""手套小姐"直接问。

"呃？"我不知道怎样回答。

"那个人既无聊又吊儿郎当，还是个大笨蛋，读中学时竟然帮着没用的朋友偷试题，给学校开除也活该！"

她又是怎么知道的？而且，她口里虽然一直骂着大熊，语气却好像打从心底里欣赏他。

"那个没用的家伙是我姊姊的儿子，听说从小就很难教，从男童院出来之后，好像改变了很多。去年，我那个十多岁就在外面过着放任生活的姊姊死了，临死前把他丢给我妈妈。他上星期拿东西过来给我，在这儿碰到你男朋友。两个人久别重逢，眼泪鼻涕流了一大把。那个家伙今年也考上大学了，连那种人都可以进大学，别说你不行！""手套小姐"眼睛始终没离开过计算机屏幕，似乎是怕我难堪，所以没望我。

我的头却只有垂得更低。

然后，她离开那个工作台，在木架上拿了一个黑发、头上别着玫瑰红手套，穿着绿色图案汗衫、牛仔短裙和系带花布鞋的布娃娃，塞到我手里，说：

"拿去吧！"

"呃？"我没想到她会送我一个手套娃娃。

"不是送的。那个无聊分子已经付了钱，说这个特别像你。

我那个外甥还帮着他杀价，竟说什么连学生哥的钱都赚就太没人性了！"她一口气地说完。

我望着手上的布娃娃发呆。

"出去！出去！""手套小姐"边把我赶走边说，"我要关门了！考上大学之前别再来租书！"

我给她赶出书店，背后的卷闸随即落下。我杵在书店外面，茫然拎着那个布娃娃。从发榜那天开始，觉得自己被世界遗弃了，心深不忿，成了隐闭少女的我，突然好像找回了一些感觉。

我看着书店对街朦胧月色下的小公园，我曾在那儿忐忑地等着大熊、渴望他答错鸡和蛋的问题。我们在那儿吃着后来没机会面世的两种奶酪蛋糕，把可乐冰在喷泉水里。我们曾在那儿一起温习，也曾一起埋掉给徐璐送行的白花。

大熊为什么不肯像这个世界一样，放弃没用的我？

我跑过马路，走进电话亭，拾起话筒，按下大熊的电话号码。

"喂——"电话那一头传来大熊熟悉又久违了的声音。

那个瞬间，滔滔的思念淹没了我。我像个遇溺的人，拼命挣扎着浮出水面，大口地吸气，颤抖着声音说：

"现在见面吧！"

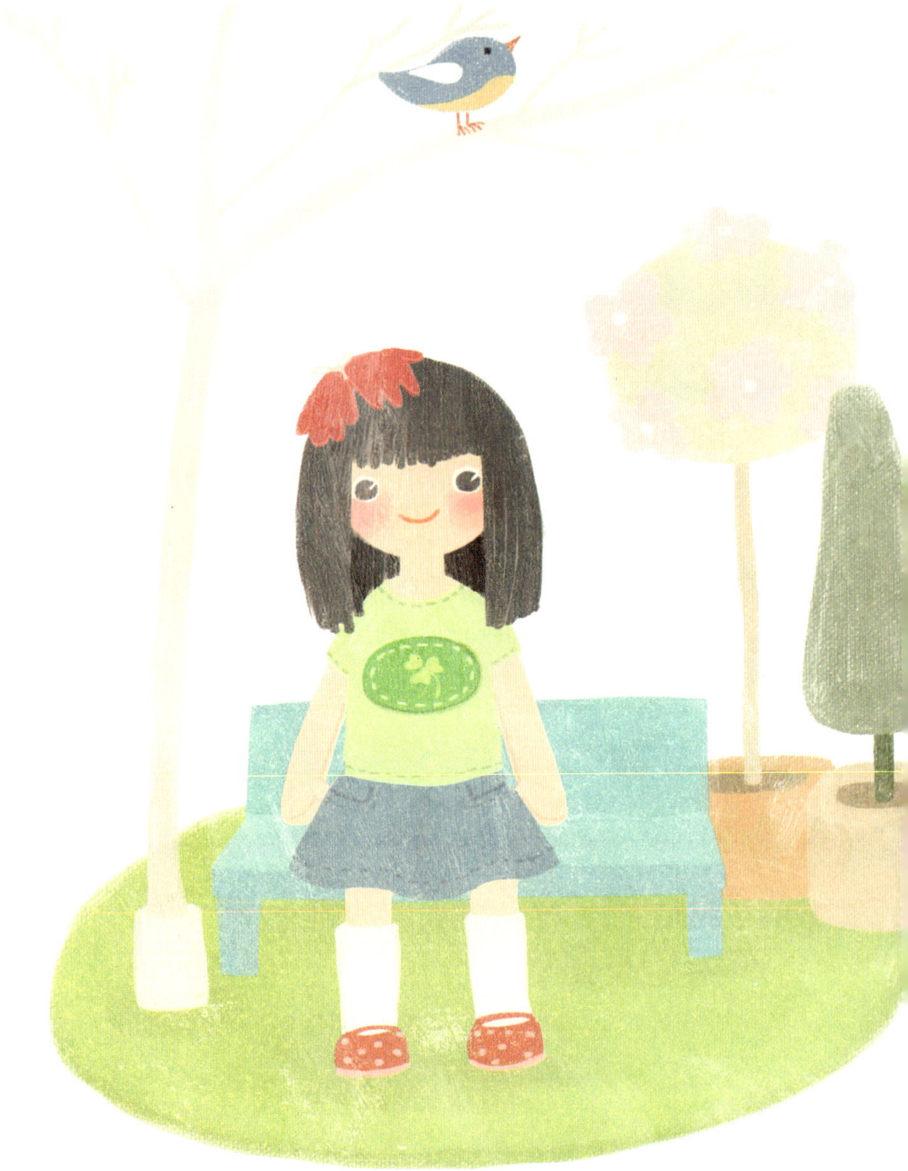

9

我跟大熊说好了在小公园见面。

"我现在过来。"他愉悦的声音回答说。

然后,我放下话筒,走出电话亭,坐到公园的秋千上等着,把大熊送我的布娃娃抱在怀里。

黑发布娃娃那张开怀的笑脸好像在说:

"没什么大不了嘛!"

她头顶那双玫瑰红手套是用小羊皮做的,手指的部分做得很仔细,手腕那部分用了暗红色的丝绒钩织而成,再缠上一条粉红色丝带。然后,两只手套一前一后,手指朝天的用一个发夹别在头上,看上去就像是头发里开出两朵手套花,真的比任何头饰都要漂亮。

外表木讷,除了会把手套戴在头上之外,看来就像个平凡的中年女人的"手套小姐",原来也有自己的梦想,并不想无声无息地过一生。

谁也没想到，平平无奇的租书店里面，隐藏着一个布娃娃梦工场。我隐藏的却是自卑和绝望，这些东西并不会成为梦想。

我满怀忐忑和盼望，看着小公园的入口。终于，我看到一个再也熟悉不过的身影从远处朝这边走来，先是走得很快，然后微微慢了下来。

我从秋千上缓缓站起来，看看朦胧月色朦胧路灯下那张隔别了整整三个月的脸。大熊来到我面前，投给我一个微笑，微笑里带着些许紧张，也带着些许腼腆，搜索枯肠，还是找不到开场白。

我躲起来的日子，大熊好像急着长大似的，刚刚理过的头发很好看，身上罩着汗衫和牛仔裤，一边肩膀上甩着一个簇新的背包，最外面的一层可以用来放手提电脑，脚上的球鞋也是新的。他看上去已经是个大学生了，过着新的大学生活。

我们相隔咫尺，彼此都抿着嘴唇，无言对望，时而低下眼睛，然后又把目光尴尬地转回来。这样相见的时候，该说些什么？对于只有初恋经验的我俩，都是不拿手的事情。

"为什么？"我终于开了口，低低地说。

大熊眼睛睁大了一些，看着我，猜不透我话里的意思。

"我问你为什么！"我瞪着他，朝他吼道，"租书店是我唯一还肯去的地方！我以后都不可以再去了！你为什么要在我背后做这些事情？你觉得这样很好玩吗！"

他怔在那儿,百词莫辩的样子。

泪水在我眼里滚动,我吼得更大声:

"你以为你很了解我吗?你一点都不了解!你怎会了解每天除了睡觉之外还是只有睡觉的生活!你怎会了解那种害怕自己永远都再也爬不起来的滋味!太不公平了!我比你勤力!我比你用功!为什么可以读大学的是你不是我!"

大熊吃惊地看着我,半响之后,他带着歉意说:

"你别这样,你只是一时失手。"

"都是因为你!都是因为你!因为跟你一起,所以成绩才会退步!才会考不上大学!"我激动颤抖的声音吼喊。

可怜的大熊面对疯了似的我,想说话,却也不知道说些什么,只好杵在那儿。

泪水溢出了我的双眼,我别开头,咬住下唇,拼命忍泪。

"再考一次吧!你一定可以的。"大熊试着安慰我。

我眼睛直直望着他,忍着的泪水渐渐干了,绷紧的喉咙缓缓吐出一句话:

"分手吧!以后都不要再见了!"

大熊失望又窘迫地看着我,刚刚见面那一刻脸上明亮的神情消逝了,完全不知道该怎么响应我。

我快忍不住了,心里一阵酸楚,撇下大熊,头也不回地跑出那个小公园。

回家的路上,我大口大口地吸着气,死命忍着眼泪,却还是抽抽噎噎地哭了起来,哭得全身抖颤。

徐璐生前做过一篇访问。她告诉那位记者,她的初恋发生在她念初中一年级的时候。

"学期结束时,我跟他分手了。"她说。

因为,成绩不好的她要留班,那个成绩很好的男生却升班了。

"分手吧!"徐璐跟那个男生说。

当时那个男生伤心又不解地说:

"我升班又不是我的错。"

然而,徐璐那时却认为,那个男生不该丢下她,自己一个人升班。要是他真的那么喜欢她,他该设法陪她留班。

几年后,那个男生到外国升学去了,她一直没忘记他。分手的那段日子,她天天躲在家里哭,那毕竟是她的初恋。

"现在想起来,觉得那时的想法很傻。不过,这就是青春吧!"徐璐说。

我捏紧怀里的布娃娃,不断用手擦眼泪。大熊是我最喜欢的人了,我却还是伤害了他。是气他丢下我?是妒忌他可以念大学?还是害怕过着新生活的他早晚会离开我?从发榜那天开始,本来两个头一直挨在一起的我们,从此隔着永不可及的距离。他在那一头,我在这一头。再过一些年月,那一头的他,会忘掉这一头的我,爱上那些跟他一样棒的女生。

三年后,他大学毕业礼的那天,假使有人问起他的初恋,他或者会说:

"要是她今天也在这里,我们就不会分手。"

他永远不会知道,在大学的门坎外面,停留过一只落翅的小鸟。那道跨不过去的大门,埋葬了她的初恋。

我满脸泪痕,走着走着,终于回到我的避难所我的家。我倒在床上,抱着布娃娃呜咽,泪水沾湿了我的脸,也沾湿了它的脸。我哭着哭着睡着了。

天刚亮时我醒来,睁开眼皮肿胀的双眼,望着灰蒙蒙的天花板。明天睡醒之后我还是继续睡觉吗?我便是这样过一生吗?

我不可以这样!突然之间,我像活跳尸般从床上弹了起来。

三个月来头一次,我打开窗,坐到书桌前面,亮起了像吊钟花的台灯,从抽屉里拿出一叠笔记,认真地温习起来。

再见了!大熊。我要再考一次大学。

我揉揉眼睛,望着窗外,清晨的蓝色微光驱走了夜的幽暗,街上的一切渐渐显出了轮廓,我伸了个大懒腰,深深吸了一口气,那口气有如大梦初醒。

大熊，失败是我不拿手的。然而，要是有天你想起我，我希望你想起的，不是那个脆弱自怜的我，而是那个跌倒又爬起来的我。我会找回我掉落的一双翅膀，再一次飞翔。也许我还是会坠下来，但我飞过。

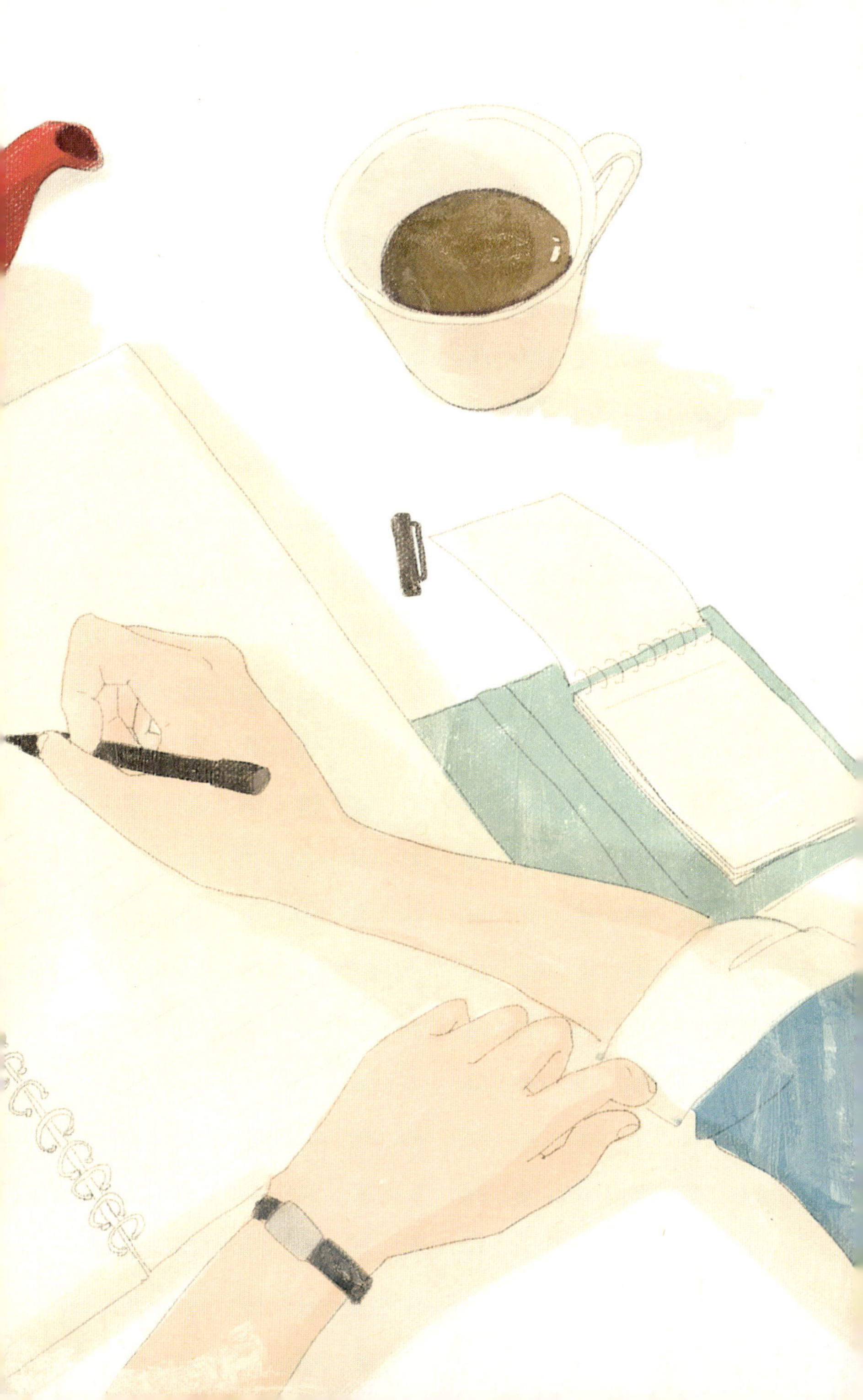

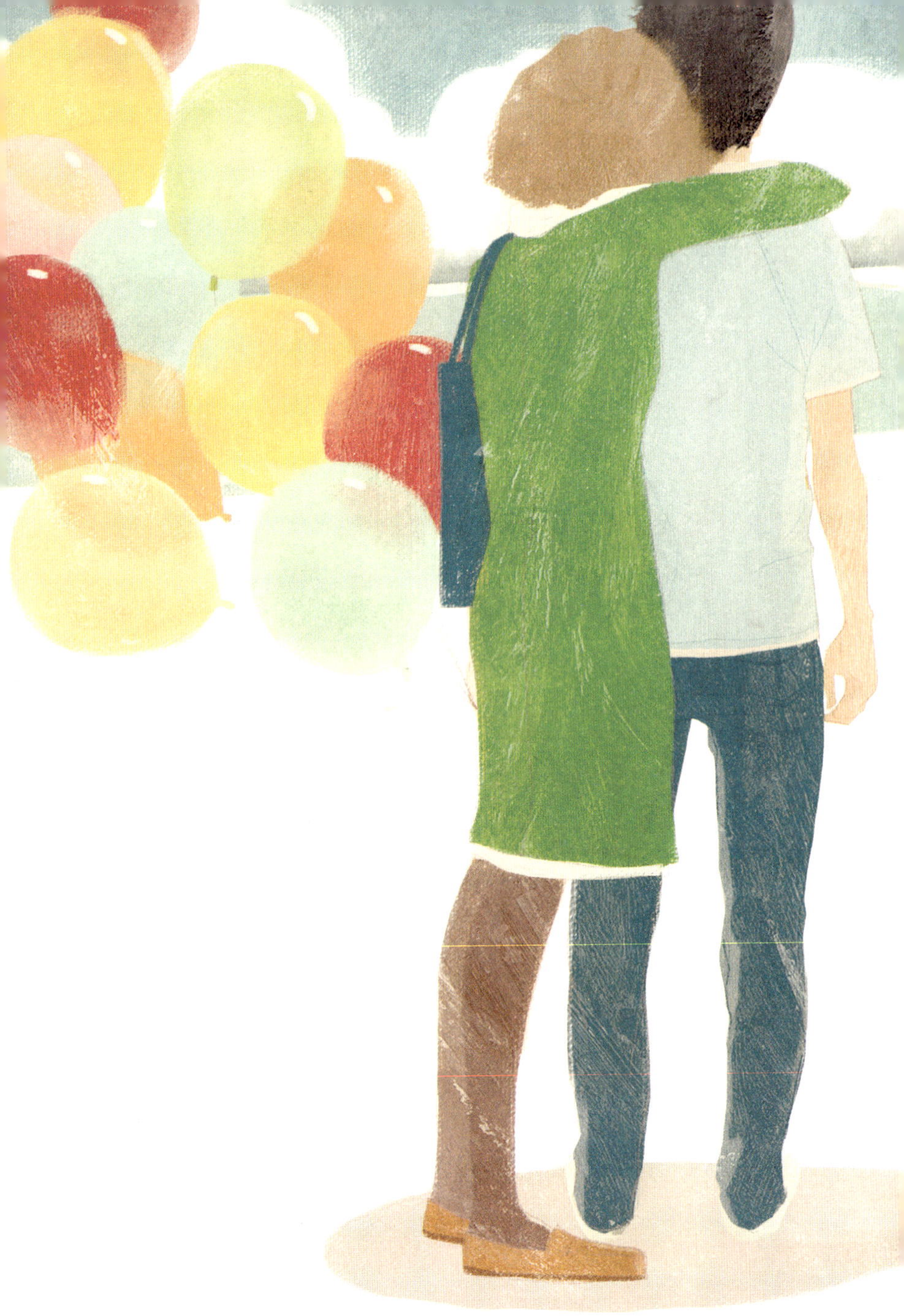

第 四 章 ｜ 除 夕 之 约

1

决定了自修再考大学入学试之后,我早睡早起,每天跟着自己编的一张时间表温习。每次电话响的时候,我都会心头一震。然而,大熊一次也没打来。

妈妈看到我突如其来的改变,大大松了一口气。一天,她走进我的房间,坐在床缘,跟正在读笔记的我说:

"那阵子很担心你,怕你会疯掉,所以不敢刺激你,你喜欢做什么都由得你,只要你不发神经、不自杀就好了。念不念大学,真的没关系。"

我抬起眼睛,瞥了她一两眼,说:"你怎知道我现在不是疯了?"

她没好气地瞄了瞄我。发现床上的布娃娃时,她紧紧抱着,说:"好可爱!给我可以吗?"

"不行!"我连忙把布娃娃从她那里抢回来。

"你才没疯!"她笑笑说,又问:"什么时候再去唱卡拉

OK？"

"我才不要跟你去，你一整晚都霸占着那个麦克风！"我说。

"是你不肯唱，我才会一个人唱啊！真没良心！"她一边走出房间一边问我，"我去租书，要不要帮你租？"

我摇了摇头，我已经没去"猫毛书店"了。妈妈出去之后，我打了一通电话给芝仪。我隐闭的那段日子，她找过我几次，我电话没接。

"太好了！出来见面吧！"她在电话那一头兴奋地说。

十二月底的一个星期六，我们在"十三猫"见面。

几个月没见，芝仪的头发长了许多，在脑后束成一条马尾。她身上穿着粉红色毛衣和碎花长裙，看上去很清丽，比起穿着图案汗衫和迷彩裤的我，委实成熟多了。她住进了大学宿舍。法律系的功课忙得很，她很少出来。

我们每人点了一客"猫不理布丁"，这布丁用了黑芝麻来做。

吃布丁的时候，芝仪问我：

"大熊呢？他最近怎么样？"

"我们分手了。"我说。

"为什么？"芝仪惊讶地朝我看。

我把那天在小公园的事告诉她。

听完之后，芝仪说：

"他很好啊！为什么要跟他分手呢？当初不是你首先喜欢人家的吗？"

"说不定他现在已经有女朋友了。"我幽幽地说。

"大熊不是星一那种人。"

"星一他近来怎样？"

"他一向很受女生欢迎，当然不会寂寞。像他这种男生，是不会只爱一个人的。"

"那么，白绮思呢？他们还在一起吧？"

芝仪点点头，说：

"可她暗中也跟其他男生来往。"

"你怎么知道？"

"她跟我住同一幢宿舍。白绮思和星一是同类，爱情对他们来说，只是一张漂亮的礼物纸，里面包些什么并不重要。"

"你呢？大学里不是有很多男生吗！"

"法律系那些，都很自以为是。"芝仪噘了噘嘴唇说，一副瞧不起那些人的样子。

"我一直以为你会念音乐系。你歌唱得那么好，钢琴又弹得棒。你不是说过想成为指挥家的吗！"我说。

"念法律比较有保障。"芝仪吃了一口布丁，继续说，"也可以保护自己。"

这就是芝仪吧？从来不会做浪漫的事情。可是，考大学那么辛苦，我一定要挑自己最想念的学系。那是以后的人生啊。

"如果大熊将来有女朋友，那个女生要是个怎样的人，你才会比较不难受？"芝仪问我说。

"怎样都会难受吧？"我回她说。

"死刑也有枪决、电椅、注射毒药几种嘛！"

我想起大熊曾经说过的那句话。他说："跟你一起又不是判死刑。"我当时觉得眼睛都甜了。

"你不会真的觉得那是死刑吧？我只是随便举个例。分手之后，不管怎样，对方早晚还是会爱上别人的，自己也一样吧？"

我突然觉得眼睛有些湿润，吸了吸鼻子，朝芝仪说：

"别人都觉得那个女生很像我，不管外表或是性格，也带着我的影子。人家会在背后取笑他说：'他还是忘不了初恋情人，所以找了个跟她一样的人来恋爱！'那样的话，我会比较不难受吧！"

我说着说着，抹抹鼻子笑了起来。看到我笑的芝仪，咯咯笑了。

我抬头望着"十三猫"的天幕。以前每一次来，都是跟大熊一起。每一次，我都会数数那儿藏着多少双猫眼睛，唯有这一次，我没有再去数，因为这些都不重要了。

我回看芝仪,她也是仰头看看天幕。我以为她在数那些猫眼睛,直到她突然说:

"我是知道白绮思住那幢宿舍,所以才会也申请到那儿去。那样便可以接近她。"

我朝芝仪转过头去,吃惊地看着她。

"不知道为什么会告诉你,我本来打算一直藏在心里的。"她眼睛依然望着天幕,说,"也许是这些猫眼睛吧,我老觉得它们很诡异。"

"原来……你喜欢白绮思?"我震惊地问。

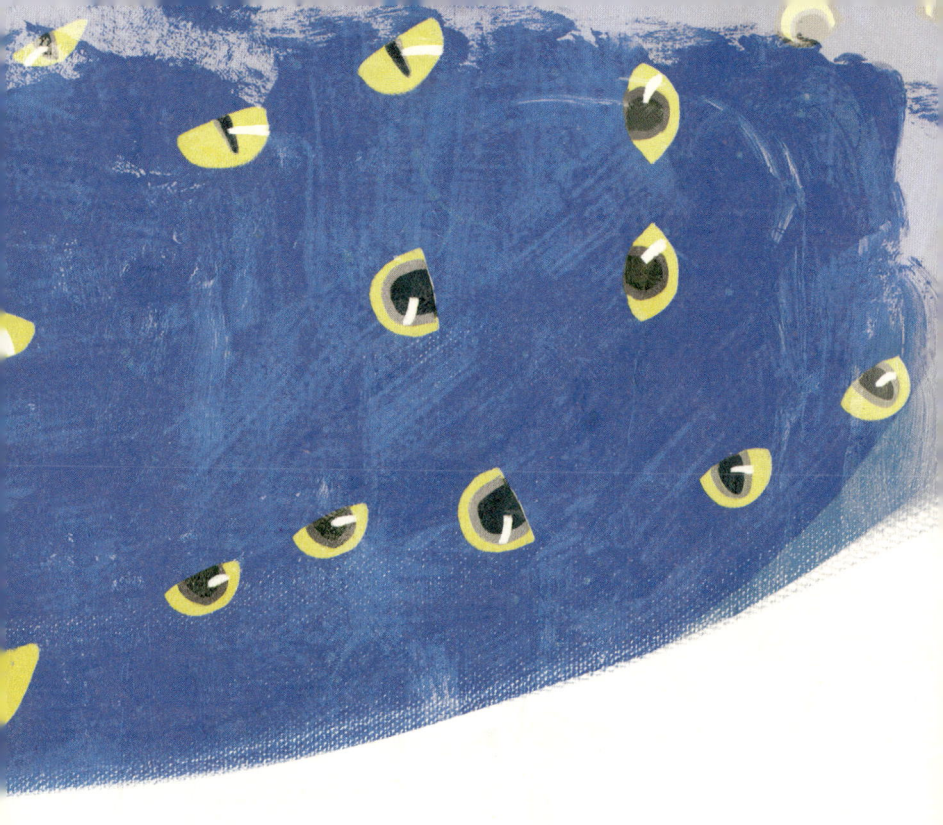

我没想到芝仪喜欢的是女生。从前我们一起去买衣服时,还常常共享一个试衣室。

芝仪望着我,那双眼睛有些凄苦,然后她说:"神经病!我才不是同性恋。"

"那么,你喜欢的是——星——"那个"一"字我没说出来。

芝仪苦涩地笑了笑,说:

"想办法接近他喜欢的人,了解那个人,就好像也接近他,也了解他。"

"我还以为你一直都讨厌他呢。"

"是很想讨厌他,但是没法讨厌。因为没法讨厌,所以很讨厌自己。"芝仪吐了一口气说。

"他知道吗?"

芝仪摇摇头说:"只要我决心藏在心里的事,没有人能够知道。"

"果然很适合当律师呢!那么能够守秘密。"

"不要告诉任何人,否则,我会恨你一辈子。"芝仪认真地说。

"你不会杀我灭口吧?"

她如梦初醒般说:

"对啊!你提醒了我!只有死去的人最能够守秘密。"

"我把你的秘密带进坟墓去好了。"我冲她笑笑。

我和芝仪后来在"十三猫"外面道别。她回宿舍去。在那儿,她跟她的情敌只隔了几个房间的距离。看着她小而脆弱,拐着脚的背影,我知道我错了,芝仪并非不会做浪漫的事情。那样喜欢着一个人,不已经是浪漫吗?

街上的夜灯亮了起来,我的心却依然幽暗。我一个人孤零零地朝车站走去,无以名状地想念大熊。我多么想把这个秘密告诉他。可是,我们已经不会一起分享秘密了。

我手上拎着的布包没放很多东西。我却觉得背有点驼。然后,不知怎地,我搭上了一辆巴士,走的并不是回家的路。

巴士在男童院附近停站，我下了车，爬上山坡。大熊应该回家了吧？这个时候，他在做什么？

终于，到了山坡顶。我抬头望着男童院宿舍那扇熟悉的窗子。然而，灯没有亮。

大熊不在家里，还是他已经住进大学宿舍里，而我不知道？那么，皮皮呢？他也带着皮皮一起去吗？

他为什么不在家里？下一次，我也许没勇气来了。

我杵在那儿，半晌之后带着心头的一阵酸楚往回走。突然之间，我看到大熊，他在山坡下，正朝我这边走来，好像刚刚放学的样子。我无路可逃，慌乱间跳进旁边的野草丛，蹲着躲起来，一边还庆幸自己这天刚好穿了一条迷彩裤。我心头扑扑乱跳，祈祷大熊千万别发现我。分手之后这样再见，太让人难堪了。

过了一会，我在野草丛中看到大熊穿着蓝色球鞋的一双脚。那双熟悉的大脚在我面前经过时停了一下，那一刻，我的心都快跳出来了。然而，他很快便继续往前走。就在那个瞬间，泪水浮上了我双眼，我头埋膝盖里呜呜地啜泣。

"你在这里做什么？"突然，我听到大熊的声音。

我吓得整个人抖了一下，抬起满是泪水的脸，看见了大熊。他不知道什么时候无声无息地站在我面前，困惑的眼神俯视我。

我慌忙用手背擦干眼泪站起来，双手往裤子揩抹。

"你没事吧?"大熊凝视着我,语气眼神都跟从前一样。

"你为什么会在这里?"我低低地说。

"我走这条路回家。"他说。

我们无语对望。分离,是我们不拿手的。重逢,也是我俩不拿手的,而且我还让他看到了我这么糟糕的时刻。

没可能更糟糕了吧?于是,我鼓起勇气,喃喃问他:

"你为什么不找我?"

"我以为你还在生我的气。"他回我说。

原来就这么简单吗?我还以为我们已经完了。

"要是我一直生气,你也一直不找我吗?"

"你不会生气一辈子吧?"他冲我笑笑。

"谁说我不会?"我吸吸鼻子,带着抖颤的微笑凝望他。

"一辈子很长的。"他手背叉着腰,用嬉逗的眼神看我。

大熊,那时候,我们都以为一辈子很漫长吧?

2

那天晚上回到家里,我打电话给芝仪,告诉她,我和大熊复合的事。

"你们才分手没多久呢。"她在电话那一头笑着。

可是,有一个人,还没有收到最新的消息。就在我和大熊复合的第二天,我在家里接到星一打来的电话。

"星一?找我有什么事?"我没想到会是星一。他从来就没打过电话给我。

"今天可以见个面吗?"

"有事吗?"

"见面再说吧。"

我跟星一约好在小公园见面。他比我早到,身上穿着黑色夹克和牛仔裤,双手深深地插在裤袋里,比起几个月前更帅气,难怪芝仪口里埋怨他把爱情看成一张漂亮的礼物纸,心里却又喜欢他。

看到我的时候,星一冲我笑笑,问我:

"你近来好吗?"

"我会再考一次大学。"我说。

"那很好啊!要我帮你温习吗?"

我带着微笑摇头,心里想着他找我有什么事。

沉默了片刻之后,他说:

"我明天要去英国,所以来跟你说一声。"

"英国?你去读书吗?"

星一脸露尴尬的神色,说:

"不,我跟家人去旅行。"

我怔了怔,只是去旅行而已,为什么专程跑来跟我道别呢?那个时候的我,根本不会明白这么幽微的心事。也许,星一特地跑来告诉我,只是希望我会问他一声:

"那你什么时候回来?"

然而,那个瞬间,我没问。他脸上露出失望的神情。

"那时你说你不喜欢我,现在你跟大熊分手了,你会不会改变主意?"他突然问我,眼睛深深地看着我。

我脸红了,尴尬地说:

"我们复合了。"

"呃?"他怔了怔。

"是昨天的事,也许他还没告诉你。"

"是的,他没说。早知道那时候就不该叫他跟踪你。"星一朝我笑笑,风度无懈可击地说。

我松了一口气,瞥了瞥他,说:

"为什么呢?那么多的女孩子喜欢你。星一,你让我很自大呢。"

"你记得中三那年暑假前的一天吗?"

"我在学校化学实验室见到你的那天?"

星一点了点头,说:

"那时还很胖的我,受到几个同学欺负,躲在那儿哭。你经过的时候看到我,悄悄替我开了空调,还帮我关上门,假装没看到我。"

原来他一直记着这件事,我倒没放在心里。

"我们是同学嘛!"我说。

"只有那时候对我好的女孩子,才值得我追求。"星一说。

"你很念旧呢!"我夸奖他。

星一咧嘴笑了,说:

"你是第一个这样说的,别的女生都说我贪新忘旧。"

"她们不了解你吧。"

"这几年,我是带着复仇的心去跟那些女孩子交往的。这些人,从前连看都不会看我一眼。"

"那么,白绮思呢?"

"她也是一样。"星一耸耸肩,说,"这也难怪,我那时候就像《哈利·波特》里,哈利那个又胖又蠢的表哥。"

"达力。"我说。

"呃?"星一怔了一下。

"哈利的表哥叫达力,很少人记得他的名字。但我觉得他挺可怜,书里所有小孩子都会巫术,只有他不会。"我笑笑说。

"是的,他最可怜。"星一说,然后,他问我:"今天晚上的事,你不会告诉大熊吧?"

"放心吧!我很能守密的。我会把这个秘密带进坟墓里。"

星一手指比了比嘴唇,说:

"别说这么不吉利的话,我家是做殓葬生意的,所以很迷信。"

我吐吐舌头微笑。

跟他一起走出小公园之后,我们道了再见。天凉了,我加快脚步,想快点回家去。去年的这一天,徐璐跳桥自尽。这天晚上,电台都在播她的歌。活着是多么的美好。

听着歌的时候,我摇电话给大熊。

"有事吗?"他问我。

"只是想确定一下。"我说。

"确定什么？"

"确定你还活着。"

"疯了吗你？"

徐璐的歌，陪着我温习。我跟自己说：

"这一次我不会输。"

第二年，我终于考上了大学。大熊也升上了二年级。

3

徐璐那首《时光小鸟》说,二十岁的时候,时间是小翠鸟。我们的二十岁,是快乐不知时日过吧?

二〇〇三年的除夕夜,我、大熊、阿瑛、小毕、星一跟芝仪六个人,在我和大熊头一次约会的"古墓餐厅"里度过。

星一刚刚跟白绮思分手。虽然很多女生想和星一度除夕,星一却宁愿跟我们一起。

于是,我把芝仪也叫来。她在电话那一头很紧张地问我:

"你跟星一说了些什么?"

"我不怕你杀我灭口吗?我连大熊都没说。"

"会不会很怪?只有我跟他是一个人来。"

"大家都是旧同学嘛,来吧!"

这一天,最迟一个来到"古墓"的,是大熊,他从来就没准时过。

芝仪打扮得很好看,星一好像也对她刮目相看。

阿瑛听说星一家里是做殓葬生意的，带笑问他：

"将来要是我们——呃，你明白啦，可不可以打折？"

"今天别说不吉利的话。"星一冲她笑笑。

虽然如此，我们还是来了"古墓"，点了"古墓飞尸"、"死亡沼泽"和"古墓血饮"等等，一点都不怕不吉利。

"你怕鬼吗？"阿瑛问星一。

"我爷爷说，我们做这一行的，是鬼怕我们。"星一故意说得阴声鬼气。

"那么，你有没有见过鬼？"阿瑛问。

一个女祭司打扮，脸擦得粉白的女服务生这时把我们的饮料端来。等她走开，星一的目光扫过我们每一个，深呼吸了一口气。

我们全都屏息等着听鬼故事。

"我没见过。"星一懒懒地说。

正当我们有点失望的时候，星一突然又说："但我爷爷见过一个女鬼，是几十年前的事了。她是跟男朋友双双溺死的，好像是跳河殉情，很年轻。尸体送来殡仪馆的那天晚上，我爷爷在办公室里听到水滴在地上的声音，于是走出去看看。"星一说到一半突然停了下来。我们催他，他才继续说："他看到一个全身湿淋淋、跟那个溺死的女生长得一模一样的女鬼。她一边哭一边不停地把身上的衣服拧干，但是，怎么拧也还是拧不干……"

阿瑛、芝仪和我全都吓得魂飞魄散,央求星一不要再说下去。星一脸上露出歪斜笑容,拿起面前那杯"古墓血饮"啜了一口。

"这个故事是你自己编的吧?"我狐疑地盯着他看。

"当然不是。"他回我说。

"如果有一只鬼,连影子在内,是二十公尺加上他长度的一半,那么,他连影子在内有多长?"一直好像没有很投入听我们说话的大熊忽然问。

"你说什么嘛?"我撞了撞他的手肘。

"鬼好像没影子的。"小毕说。

"就是嘛!"阿瑛附和小毕。

"这不是鬼故事,这是算术题,我刚刚想出来的,考考你们。"大熊说。

"干吗问这个?"我头转向大熊。

"我下个月开始在报纸写专栏。"大熊向我们宣布。

"为什么我不知道?"我问。

"我刚刚迟到就是因为谈这个。"

"你常常迟到。"我啐他一口。

"你写什么专栏?"星一问。

"是每天的专栏,我会每天出一个有趣的算术题、逻辑题,或是智力题给读者猜。"

"很适合你呢！"我称赞他说。

"稿费高不高？"芝仪问。

"比补习好，又不用上班。"大熊说。

"专栏作家，敬你一杯！"

星一首先跟大熊碰杯，我们也跟着一起碰杯。

二〇〇三年的时候，香港仍然笼罩着一股不景气，没想到还在念二年级的大熊当上了专栏作家，小毕也很幸运在广告公司找到一份美术设计的工作，还设计了一个大型的户外广告牌。

那是某个名牌的青春便服广告，特写一个满脸雀斑的洋模特儿一张灿烂的笑脸。广告牌悬在繁忙的公路旁边，上面有一句标语：

"年轻是一切错误的借口。"

阿瑛用数码相机把广告牌拍了下来，这天带给我们看，脸上满是对小毕的仰慕之情。她已经从演艺学院毕业，明年会演出大型歌舞剧《猫》。

"改天要去'十三猫'观察一下。"她说。

芝仪整个晚上很少说话，但是脸上一径挂着微笑。星一的鬼故事，不管是真的还是假的，也吓倒了我们。他很适合讲鬼故事。

"那只鬼到底有多长？"我问大熊。

"是不是三十公尺？"小毕想了想，问。

"不对。"大熊摇摇头。

"四十公尺。"星一说。

"对！"大熊点头。

我们全都一起为星一鼓掌。

"我还有另外一题。"大熊说。

"吃东西啦！"我揉了揉他的头发说。

十二点钟一到，一个男祭司打扮的乐师用手风琴奏出《友谊万岁》，一群女祭司靠拢起来高歌。我们唱着歌，举起手上的饮料为新的一年喝彩，每个人脸上都漾着花一样的笑。年轻如果是借口，那么，它便是最让人心醉神迷的借口。我们用力碰杯，把杯里的饮料尽情溅到彼此脸上。那个瞬间，我们全都对人生满怀憧憬，也带着未知的忐忑。明天、明年、明日的故事与梦想，还等待着年轻的我们一一去探索。

然后,我们约定,明年今日,相同的六个人,在"古墓"再见。

"到时候,我会说一个更恐怖的鬼故事。"星一说。

"那我便出一个更有趣的算术题。"大熊说。

"不见不散!"我笑对大熊说。

为什么当我们以为正顺遂地迎向幸福的浪花,生命的气息却一下子就从指缝间溜走了?

二〇〇四年除夕的约会,我缺席了。好梦顿时成空。

第五章 | 我在云上爱你

二〇〇五年九月一个晴朗的星期五,澳洲的冬季快要过去了。在南部阿得雷德的航空训练学校,大熊,我看到了你。

你瘦了,皮肤晒黑了,短发梳得很整齐。你长大了,成为一个有点经历的男人。你结上蓝色领带,身上穿着帅气的飞行学员制服,每天大清早冒着寒冷从床上起来,接受严格的训练,立志要成为一位飞机师。

在天空和星群中飞翔,本来并不是你的梦想。

那时候,每次我想游说你去当飞机师,你总是皱着眉说:

"当飞机师很辛苦的!"

你只想当个数学专栏作家。你那个专栏很受欢迎,大学还没毕业,已经有出版社替你出书,其他报纸也找你写稿,还有学校请你去演讲。你懒洋洋地说,这份工作不用上班,光是版税和稿费已经够生活了,你打算毕业之后也继续这样。

那时候我很担心,比树懒这种动物更懒惰的你,将来怎么办?

你却跟我说了一个古希腊哲学家的故事。

那个哲学家什么也不做,就只是坐在街上行乞,因为他认为,懒惰是最高深的哲学。

"你不如说,所有乞丐都是哲学家!"我没好气地说。

"你这句话犯了逻辑上的错误。某个哲学家是乞丐,不代表所有乞丐都是哲学家,也不代表所有哲学家都是乞丐。"你说。

"那我可不可以说树懒是大自然的哲学家?"我说。

你眼睛亮了起来,说:"有这个可能。"

我不知道树懒是不是大自然的哲学家,但是,鹦鹉也许是预言家。

当死亡一步一步召唤着我们,皮皮曾经试着提醒我们,只是我们当时并不知道。

二〇〇四年十月初的一天,在你男童院的家里,我们无意中发现一个网站,它后来造成了网络大挤塞。它的名字叫:

"印度洋上的美丽花环"

那就是岛国马尔代夫。它由一千一百九十个岛屿组成,从天空中俯瞰,群岛的形状宛如一圈花瓣。它的国花是美丽的粉红玫瑰。

一位业余摄影师花了一个多月时间停留在马尔代夫,回家之后把他拍的两百多张照片放在自己的网站上。那个宁静的世外桃源让人心驰神往。我们看到了海连天的景色,看到了落日长霞染红了的椰树影，看到了蓝色的珊瑚礁，看到了比马儿还要大的鱼，看到了大海龟笨拙的泳姿。

我们也看到了盖在海边的水中屋。一排排草蓬顶的水中屋，一边是大海，另一边是游泳池。人睡在屋里的床上，朝左边转一个身，就可以跳到海中畅泳；朝右边翻个筋斗，就掉进游泳池里去，双脚根本不用碰到地板。

我和你都看得傻了眼。

"我要去！我要去！"我嚷着说。

就在这时，笼子里的皮皮好像受惊似的，不寻常地猛拍翅膀乱飞，嘎嘎嘎地叫个不停。我们两个同时转头望着它。

"可能刚刚有麻鹰飞过。"你看了看窗外说。

"它也想去马尔代夫呢！"我笑着跟你说，浑然不觉死亡的利爪已经伸向我们。

我们后来决定圣诞在那儿度过，十二月二十七日回来，回来后再过几天，就是"古墓"的除夕之约了。

我们在网上预订了机票，找到一家便宜又漂亮的旅馆，那儿虽然没有梦寐以求的水中屋，但是，只要走出房间几步，就是海滩了，偶尔还会有大海龟爬到那片岸上孵蛋，要是我们幸运的话就能看见。

我们对马尔代夫之旅满怀着期待。我买了一件簇新的游泳衣，青草绿色的，分成上下两截，又买了太阳帽和防晒膏，每天倒数着出发的日子。

生命中的那一天终于来临。我和你带着轻便的行李，在黄昏时抵达那个碧海连天的岛。一片印度洋的美景在我们面前展开来，我们走出机场，深呼吸一口凉爽的空气，然后兴致勃勃地乘船往小岛上的旅馆去。

旅馆由一排排的小茅屋组成。当我们踏进那个洋溢着热带风情的旅馆大堂，一位穿粉红色纱笼的女郎迎上来，把一个玫瑰花瓣编成的花环挂在我脖子上，露出一口雪白的牙齿，跟我说：

"欢迎来到天堂！"

我们千挑万选的旅馆，连名字都隐隐透着死亡的信息，它叫"天堂旅馆"。我毫无防备，并不知晓自己已经到了人生旅程的最后一站。

十二月二十五日圣诞节傍晚，我们坐在海边餐厅的白色藤椅子里，身上穿着白天在市集买的汗衫，胸前印着马尔代夫的日落和椰树。我们悠闲地啜饮着插着七彩小纸伞的冰凉饮料，遥望着浮在海上的一轮落日。

"一辈子住在这里也不错，每天扫扫树叶就可以过生活。"你伸长腿，懒洋洋地说。

"不行！我们还有许多地方没去，伦敦、纽约、托斯卡尼、佛罗伦萨、希腊爱琴海、埃及的金字塔、印度的泰姬陵,还有巴黎!"我憧憬着,然后问你:"你有没有想过,三十岁的时候,你在做什么?"

你耸耸肩,说:

"那么远的事,我没想过。"

"我也没想过。"我很高兴地说。

你朝我看了一眼,不解地问:

"那你为什么问我?"

"我想知道你是不是跟我一样没想过。"我懒懒地说。

你没好气地对我笑笑。

"你到底有没有喜欢过阿瑛?"我问你。

"天呀!你又来了!"你说。

"说出来嘛!我真的不会生气。"

"当然没有!"你终于肯说。

"真的?"

"我说没有就没有。"

"她好像觉得你喜欢过她呢。她说,她喜欢吃蛋糕,但你是饼干。"

"我是饼干?"你瞪大眼睛。

我咯咯地笑了。从你的眼神语气,我知道你没骗我。

"那么，我是你的初恋啰？"我说。

你揉揉眼睛苦笑，一副怕了我的样子。

"那个鸡和蛋的问题，你是故意答错的吧？"我问你说。

再一次，你故弄玄虚地笑笑，始终不肯告诉我。

后来，当我们吃着铺着两片花瓣的玫瑰花冰淇淋时，我埋怨你说：

"我每次电邮给你，都送你一朵网上玫瑰，但你从来就没送过给我。"

你竟然说：

"这些只是形式罢了。"

"你现在不送花给我，等我老了，你更不会送。"我咬着冰冻的小匙羹说。

"放心吧！将来你又老又丑，我也不会嫌弃你。"你眯起眼睛对我微笑。

"谁要你嫌弃！我才不会变得又老又丑！我会永远比你年轻！"我拈起盘子里的玫瑰花瓣，放到鼻子上嗅闻着。

大熊，我是不是又说了不吉利的话？逝去的人不长年岁，从此以后，我永远比你年轻。南方傍晚的玫瑰花香，飘送着离别的气息。直到如今，每个黄昏，我仿佛又嗅到了玫瑰花的香味，那片花瓣宛如小陀螺，在往事的记忆中流转。

第二天，那个将我们永远隔别的星期天早上，我穿上游泳衣，把还没睡醒的你拉到海滩上去。我们挨在遮阳伞下的白色躺椅上，你帽子盖着脸，还想继续睡。我起来，一边往身上抹防晒膏一边对你说：

"快点下水吧！明天一早就要走了。"

你打了个呵欠，懒懒地说：

"你先去吧！"

"你不怕我给鲨鱼吃掉吗？"

"马尔代夫的鲨鱼是不吃人的。"你说。

"你快点来啊！"我催促你说。

然后，我把塑料拖鞋留在岸上，独个儿跑到海里，那儿有许多人正在游泳和浮潜。我闭上眼睛，仰躺在水面上，享受着清晨的微风，由得自己随水漂流。

不知道漂了多久，我张开眼睛站起来，你还半躺在岸上，悠闲地望着我。我朝你大大地挥手，要你快点下水。你也朝我大大地挥手，却不肯来。我心里想着，等我上岸，我要好好对付你。

而今想起来，那一刻，我们竟好像是道别。

我缓缓游往深水处。游了一阵，我脚划着水，揉揉眼睛，突然发现一阵遍布水面的颤抖哆嗦，顷刻之间，海水如崩裂般急涌上来，把我整个人冲了出去。畏怖恐惧过头了，我想呼救却叫不出一个声音。当其他人纷纷慌乱地往岸上跑，你却奔向我，走到水里，拼命游向我，想要把我拉上岸。我挣扎着呼吸，想向你伸出手，我几乎碰到你的手了。然而，就在那个瞬间，一个三十尺的滔天巨浪把我们冲散了。它把你卷到岸上去。

我在恐怖的漩涡中挣扎着呼吸，精疲力竭，闭上眼睛，然后再次挣扎呼吸，直到我再无气息。然后，我再次张开眼睛，看到自己漂向了死亡的彼岸。

那场海啸把一切都捣毁了。

浩劫之后，那个岛国成了一片废墟，空气中飘着腐土、腐叶和尸骨的气味。星一、小毕、阿瑛、芝仪，每个人都来了，不知道怎样安慰你。他们帮忙着寻找我，希望我还活着。

时间一天一天过去，希望也愈来愈渺茫。

五个星期过去了，其他人都不得不陆续回家，你还是执拗地留下来。

直到搜索队放弃搜索的那天，你从一个找不到我的停尸的帐篷回来，路上给一块尖锐的木板割伤了脚。你没理会那个淌着血的伤口，带着疲惫的身体回到旅馆，把门关上。明白最后一丝希望的光芒已经熄灭，你额头贴在门板上痛哭，以拳头猛捶砖泥墙，大声喊：

"郑维妮！你回来！"

对不起，大熊，我回不来了。

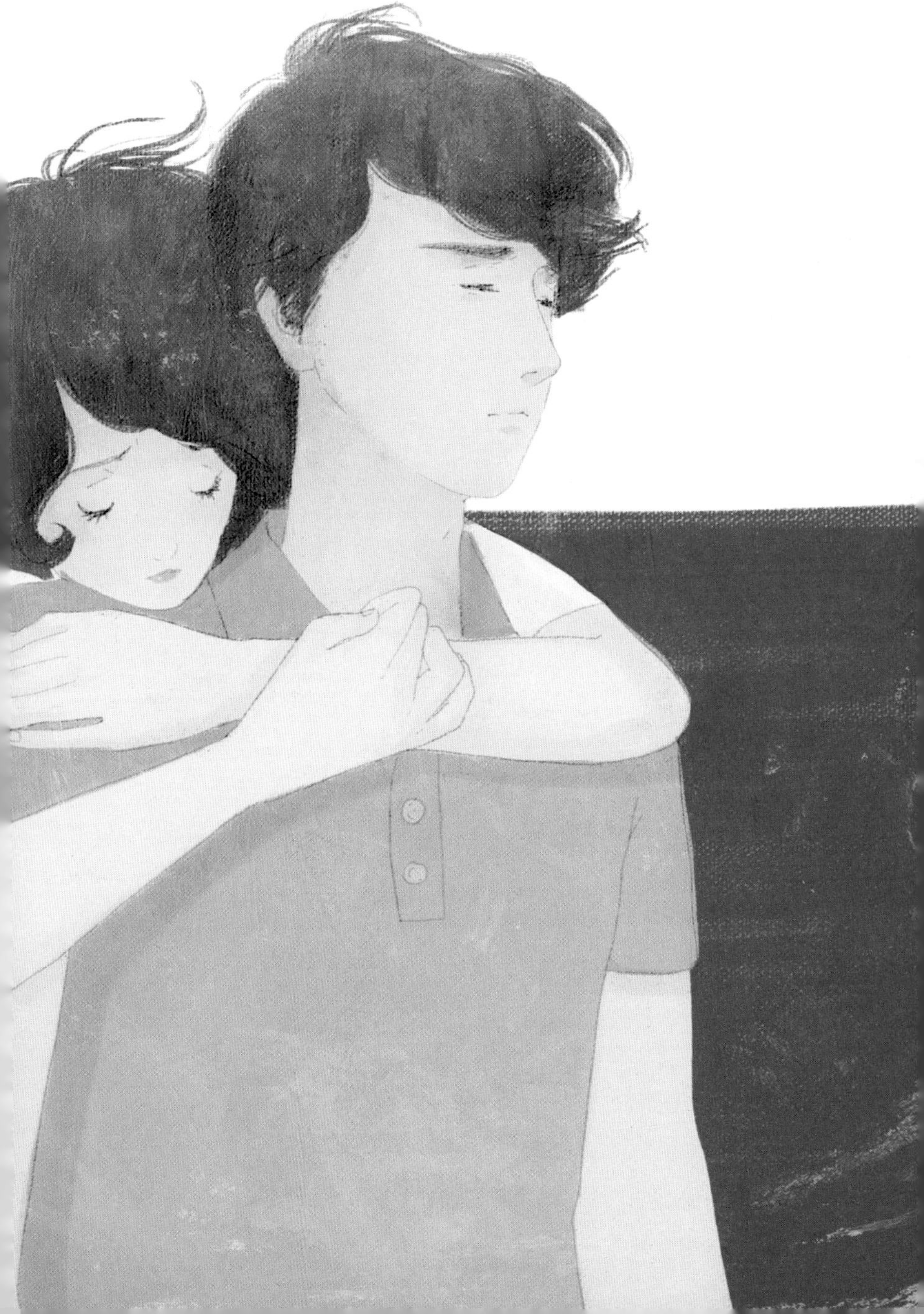

你相信命运吗？我只好宿命地相信。

我们第一次看的电影，是《铁达尼号》。船沉没了，男女主角在茫茫大海里生死永隔。虽然那天是我明知你跟踪我，把你诱骗进戏院去的，但我们毕竟是一起看过。后来，我们还一起嘲笑那些老套的情节。

我第一次问你的数学题，是那个飞机师在北极飞行的问题。当时，你淘气地在地球下面画上了枝和叶，像一朵花。怪错你了，原来，你送过花给我。那时候，我们又怎会想到，而今的你，将会因为我而当上飞机师？

大学毕业那天，你在航空学校认真地上课，连毕业礼都没参加。

我从来不知道你爱我如此之深，放弃了做树懒的梦想，用你的双脚，替我走完人生余下的旅程。

当飞机师真的很辛苦。自律、整洁、守时、勤力、负责任，这些对你来说多么困难？你却做到了，理论课还拿了满分。

这一天，我看到你第一次试飞。你在云端紧紧地握着飞机的方向盘。你旁边的导师笑着说：

"不用这么紧张，方向盘也给你扼死了！"

坐在你背后的同学笑了起来，你也笑了，那个微笑却带着几许苦涩。

也许你会奇怪，我为什么能够看到你。原来，人死了之后，这个世界会偿还它欠我们的时间。每个人得到的时间都不一样，那要看他们在妈妈肚子里住了多久。我们出生以后，是从零岁开始计算；然而，当精子与卵子结合，生命已经形成，我们也开始长年岁。有些人只住了二十几个星期便出生，我很幸运，在妈妈肚子里撑了三十九个星期零四个小时才出来，所以，我也有三十九个星期零四个小时的过渡期。这段时间，我可以在天堂回溯尘世的记忆。我变成了观众，目睹自己从出生的一瞬间，直到死亡的一刻，这一切就像录像带回放那样。我还可以在云上看到我死后的你、看到妈妈、看到芝仪和星一、小毕和阿瑛。时间到了，我就会遗忘往事。

这一刻，是倒数的最后二十分钟了。

大熊，有一个秘密，我从来没告诉你，也没告诉任何人。我念小五的那年暑假，附近搬来了一个念中一的男生，他长得很可爱，有一双大眼睛和漂亮眉毛，像漫画里的小英雄。我有好多天悄悄跟踪他，只是想看看他都做些什么。

一天，我看到他走进一家文具店。过了一会，他手里拎着一卷东西出来。于是，我怯生生地进去那家文具店，问那个一头白发的老店员他买了什么。老店员带着微笑在柜台上把一张世界地图摊开来给我看。那张地图有四张电影海报那么大，海是蓝色的，陆地是绿色的,山是咖啡色的,每个国家都有不同的标记,荷兰是风车,维也纳是小提琴,西班牙是一头斗牛……简直美呆了。

"这是最后一张了。"老店员说。

可是,我没钱买。

后来有一天,我又再悄悄跟踪那个男生。这天,我看到他在溜冰场里牵了一个漂亮女生的手。我心里酸酸的,孤零零地回家去。回到家里,我蹲在地上,把小猪扑满里的钱全都倒出来,拿去买了那张地图,然后把它贴在睡房的墙壁上。

那天以后,我没有再跟踪那个男生。后来,听说他失踪了,警察在附近调查过一阵子。我很内疚,要是我继续跟踪他,也许会知道他去了哪里。

渐渐地,我已经忘了他的样子,却向往着那张地图上的天涯海角。

所以,那一天,当我发现你跟踪我,我是多么的震惊!

那就是宿命吧?虽然我那时候还不了解。

人死了之后,一下子也成熟了。而今我终于明白,在相遇之前,我也许喜欢过别人,那个人并没有喜欢我,又或是别人喜欢我,我却不喜欢他。为什么会是你和我呢?原来,那些人都只是为了恭迎你的出场。我们的相逢中,天意常在。

记得有一天,我在电话里戏弄你,装内疚地对你说:

"对不起，我……我昨天结婚了。"

你沉默了许久，苦涩又惊讶地问：

"你跟谁结婚？"

"骗你的啦！笨蛋！"我吃吃地笑了起来。

很抱歉，不能再跟你玩这种游戏了，也没能嫁给你。

大熊，记得我在你掌心里画的一颗"不死星"吗？它会在云端永远保佑你。可是，要是当飞机师太辛苦，那便放弃好了。去爱一个人吧。去爱一个像我爱你般爱你的人吧。纵使我多么不情愿，在死亡的彼岸，我终将遗忘你。

那张世界地图并没有天堂的标记。原来，人生前想象天堂是怎样的，死后的天堂也就是那个样子。我总以为天堂就像那个梦星球的故事：人睡着之后，灵魂会去那儿做梦。星球上有一棵枝桠横生的大树，爬了上去，做的便是好梦。掉下来的，那天会做噩梦。

我的天堂就是梦星球。

你还记得我给你看过的那幅图画吗？二年级上学期，我修了一个心理学的学分，那位一头金发的洋教授叫阿占，长得挺帅。阿占的课很受女生欢迎。他也教得很精彩。

上第一课的时候，他派给我们每个人一张图和一堆颜色笔。就是这一张图。

他要我们单凭直觉，在这张图画中选出一个我们觉得最像自己的人，然后填上颜色。我们也可以再选一个最像自己喜欢的那个人。

这是我的选择：

右上角交叉双手，看来一脸不高兴，像孤独精那个，我对她简直一见钟情，填上了我最喜欢的绿色。她就是我。生长在单亲家庭，又是独生孩子，孤单的感觉从来没离开过我。

站在树顶，手背叉着腰，笑得很开心，很容易满足，对这个世界充满好奇的那个是你。我填上了蓝色，因为蓝色像你，你喜欢蓝色。

一天，我把这张图拿给你，要你做同样的事情。

"这是什么测验？"你问。

"你只管做嘛！"

于是，你乖乖地在这幅图里选了你和我。

你竟然跟我一样。右上角绿色的那个是我，你说是因为我喜欢绿色，而且我常常噘起嘴，好像什么都不满意的样子，麻烦得很。

蓝色的那个，你一看就觉得像自己。你喜欢海洋的颜色，喜欢那种清凉的感觉。

"那么，分析结果呢？"你好奇地问。

"没结果的。"我说。

"没结果怎算是心理测验？"你说。

"你以为这是那些肤浅的心理测验，有Ａ、Ｂ、Ｃ、Ｄ答案的吗？阿占说，每个人都能够在这张图画中找到自己和身边的人。这张图好比一面镜子，我们选出来了，也就看到了心中的自己。"

大熊，谢谢你，是你一路陪着孤单的我迎向人生最后的航程。

我已经顺水漂流，跟着大海去流浪。我会化成风，化成云，化成蓝色的珊瑚礁，化成鱼儿，化成大海龟。也许，有一天，一个女生会问她爱上的那个男生：

"先有大海龟，还是先有海龟蛋？"

见不到我的尸骨，你会永远记着我鲜活的脸庞，怀念我们曾

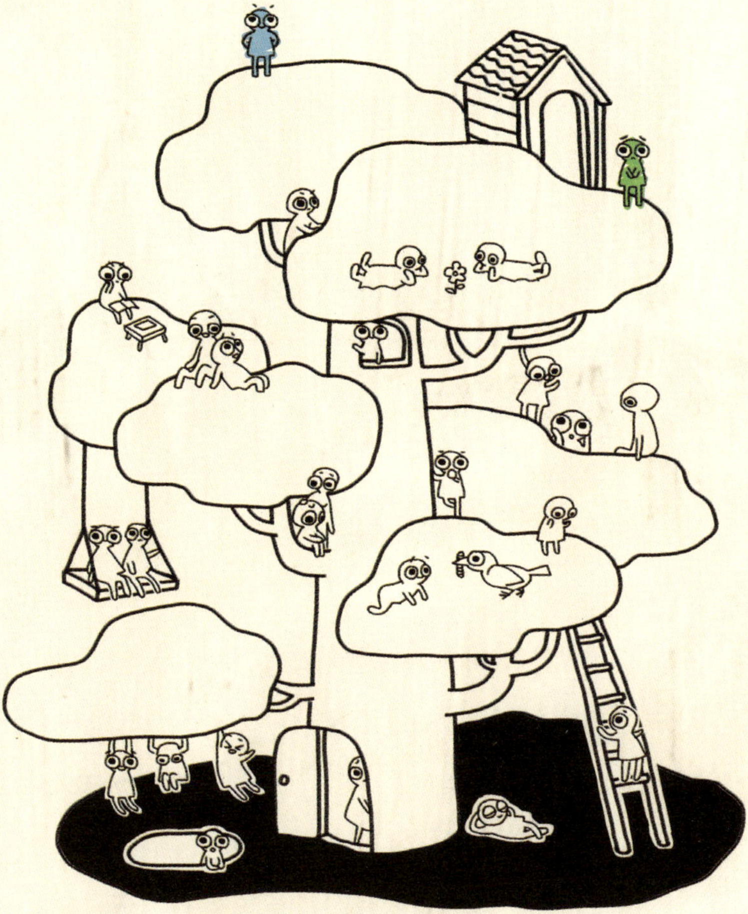

经分享的一切，还有那些我们共度的年轻青涩的岁月，多么短暂，却又已经是永恒。

不要悲伤，我活过。我为你流过眼泪。我爱上了你。一个人只要爱上了，就像小毛虫变成了蝴蝶，从此不一样了。是你的爱让我在人间起舞。

大熊，要是有一天，你的飞机在天空中飞翔，你突然发现头发乱了，那一刻，你会想起老是喜欢弄乱你头发的我吗？

这个世界偿还给我的时间，只剩下最后一分钟了，我要送你一份礼物。当你想起我，请你抬头仰望那片白云深处，没有了你，我重又变回孤独，这是今后的我：

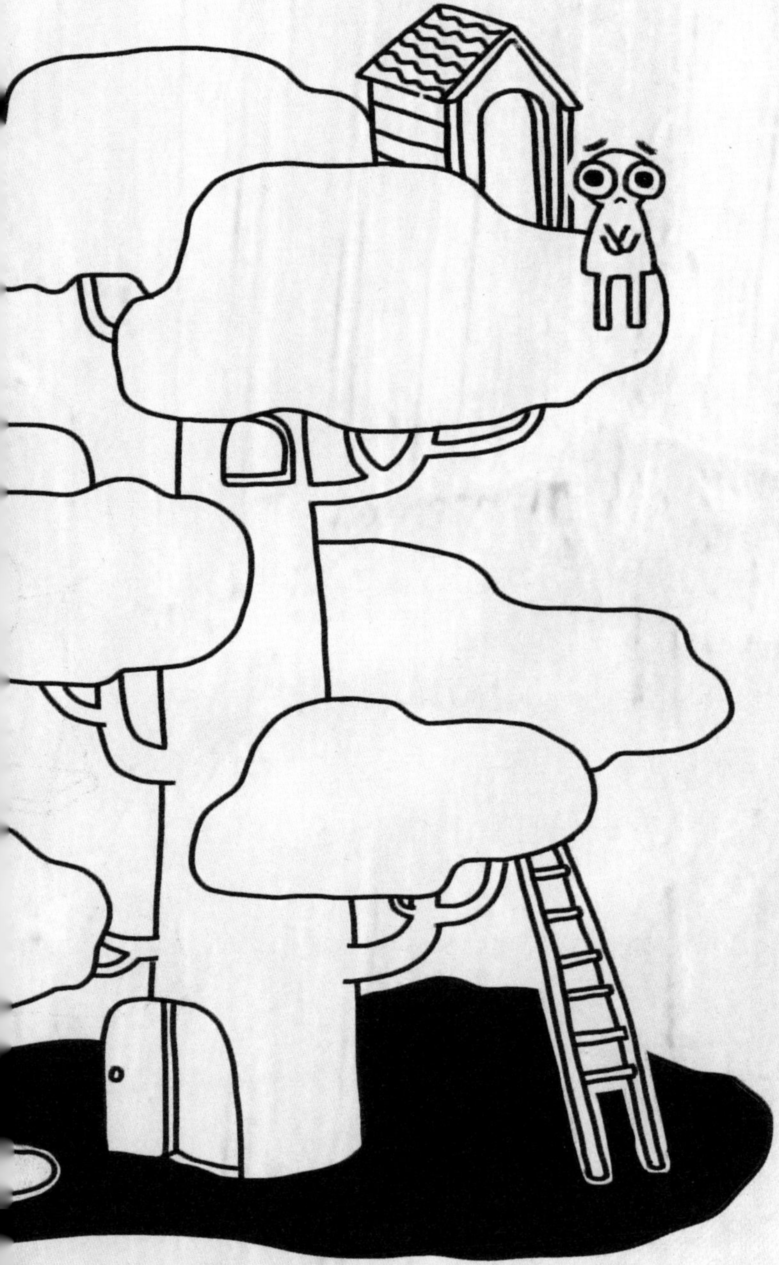

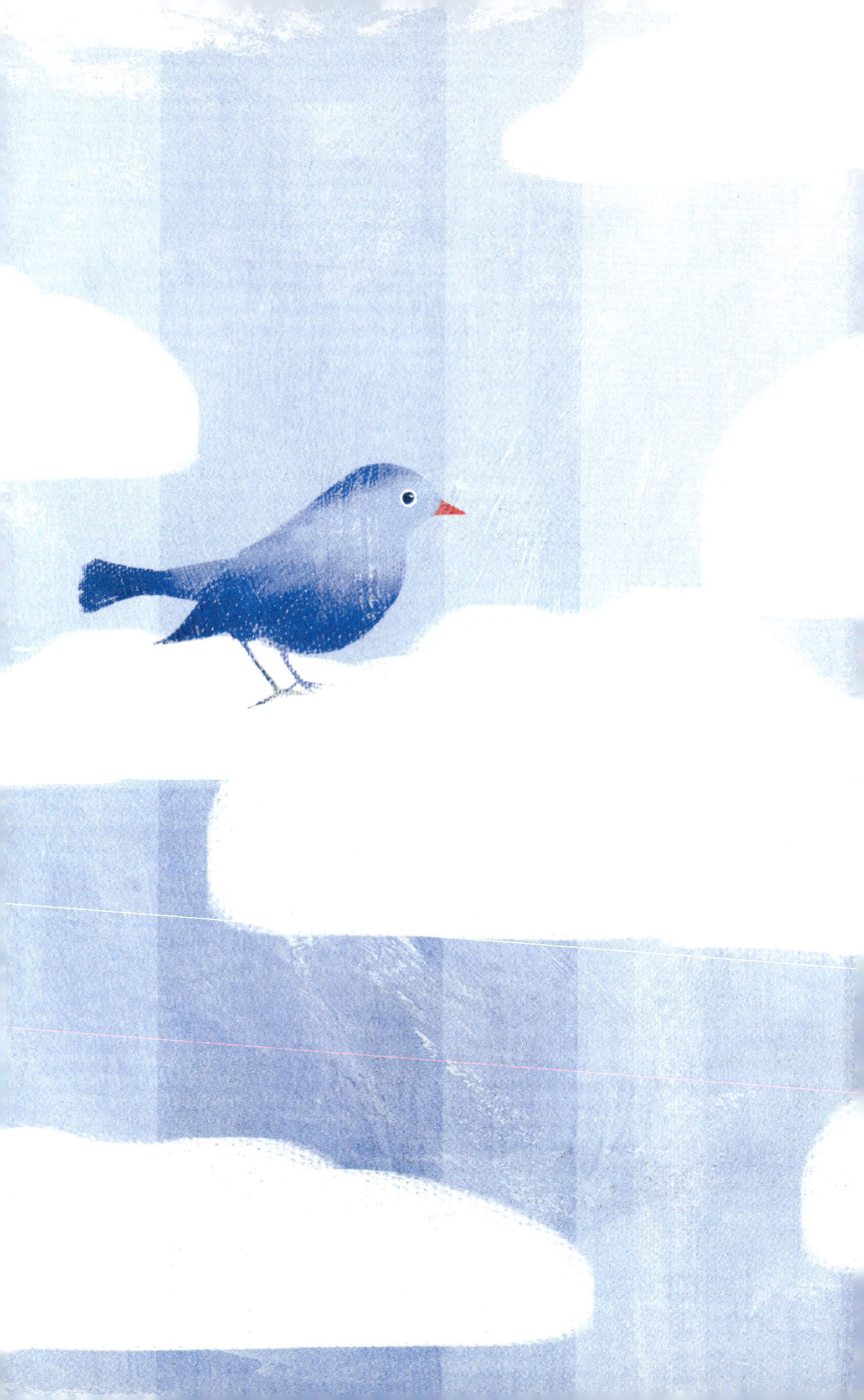

著作权合同登记号　图字 01-2013-7049

图书在版编目(CIP)数据

我在云上爱你/张小娴著.—北京:人民文学出版社,2014
ISBN 978-7-02-010199-3

Ⅰ.①我… Ⅱ.①张… Ⅲ.①言情小说—中国—当代 Ⅳ.①I247.5

中国版本图书馆 CIP 数据核字(2013)第 278528 号

责任编辑　赵　萍　涂俊杰
责任印制　苏文强

出版发行　人民文学出版社
社　　址　北京市朝内大街 166 号
邮政编码　100705
网　　址　http://www.rw-cn.com

印　　刷　北京盛通印刷股份有限公司
经　　销　全国新华书店等

字　　数　142 千字
开　　本　880 毫米×1230 毫米　1/32
印　　张　8
印　　数　130001—150000
版　　次　2014 年 5 月北京第 1 版
印　　次　2014 年 12 月第 5 次印刷

书　　号　978-7-02-010199-3
定　　价　32.00 元

如有印装质量问题,请与本社图书销售中心调换。电话:01065233595